白狼
貴様が、我を殺しにきた悪魔祓いか……
ユノ・アギウス
どうかその御力にて——此度こそ、あの邪悪な悪魔を討ち滅ぼしください
メリルちゃ〜ん。ちょっとお話があるんだけど〜
聖女
今の説明には、致命的に納得できない部分があります
メリル・クライン

この私が、なんとしてでも
あなたの無罪を証明してみせましょう！
ですからこの場は一旦！
お互いに矛を収めるという形で
どうでしょうか！
これが後に
『不戦の聖女』と呼ばれることになる――

我は誰も殺していない。
どうだ、到底信じられまい。
悪魔の虚言と嗤うだろう。
だが、我は決して──
──は？
私の初仕事の幕開けだった。

その懺悔のことごとくを、
この私が否定してあげましょう！
私は天に向かって
びしりと指を突き立てる。
なんかいい感じに誰も悪くならない
ホラを並べ立てて。
育ての親の罪も、ユノ自身の罪も――
聖女の娘メリル・クラインの名のもとに、
すべて否定してやればいいのだ。

The Second Saint Aspires to Tranquility

二代目聖女は戦わない

author : Kaisei Enomoto
illustration : Chagoma

01

著 榎本快晴 イラスト 茶ごま

CONTENTS

プロローグ

The Second Saint is a lamb amidst wolves

この私――メリル・クラインは、この世でもっとも崇高《すうこう》な人間である。

なんといってもまず血統がいい。

私の母は数多《あまた》の悪魔を討伐してきた生ける伝説であり、『聖女』と評される世界最強の悪魔祓《ばら》いなのだ。

さらに出生のバックボーンもそこらの凡人とは一味違う。

聖女たる母は婚姻を経ることなく、純然たる神の奇蹟《きせき》によって、この私を身籠もった。つまり、私の父は神そのものといっても過言ではない。

幼いころから、誰もが私を『聖女をも超える聖女』と呼んだ。

私もそう呼ばれて満更《まんざら》ではなかった。というか鼻高々だった。母のように数々の武勇伝を残し、未来の歴史書に名を残す偉人になるのだと信じて疑わなかった。

――今日、この日までは。


「貴様が、我を殺しにきた悪魔祓いか……」

私などひと呑《の》みにできそうな大顎でそう唸《うな》るのは、見上げるほどに巨大な白毛の狼《おおかみ》である。

一四歳の誕生日。悪魔祓いとしての初仕事。

つい数分前までの私は『勝利は当然として、何秒で倒せるかが問題かな〜?』などと余裕をかましていた。

悪魔が出没するという夜の峠道もなんのその。ちょっとしたピクニック気分で愉快ですらあった。

だが今、本物の悪魔を目にしてそんな思い上がりはすべて吹き飛んだ。

目の前の巨大な白狼《はくろう》は、生物としての格が違う。

理屈ではなく本能でそう理解できてしまった。

普通の人間が逆立ちしても敵《かな》う存在ではない。威圧感だけで全身がビリビリと痺《しび》れ、恐怖のあまり悲鳴すら上げられない。

そんな中、走馬灯のように母のアドバイスが思い出される。

母は「よほど高位の悪魔でもない限り、私が『消えろ』って念じたらだいたい勝手に消し飛んでるのよね〜」と言っていた。アドバイスのとおりに「消えろ」と頭の中で何度も高速復唱してみるが、白狼の毛一本たりとて消し飛ぶ様子はない。


――もしかして。

——私には母のような力はないのでは？


突如として湧き上がる絶望的な疑惑。そんな満身創痍《まんしんそうい》の私の背後では、

「さあメリル様！　どうかその御力をお示しください！」

「邪悪なる悪魔に死を！」

私の初任務を拝もうとついてきた教会所属の下っ端たちが、松明《たいまつ》を掲げて意気揚々と囃《はや》し立てている。

なんて最悪な連中だ。こんなにもか弱い少女《わたし》の背後に隠れながら相手を挑発するなんて。恥というものを知って欲しい。

と、そこで白狼が身じろいだ。

「メリル……？　その名、聞き覚えがある。まさか貴様……あの忌まわしい女の娘か？」

「えっ、あっ」

言葉にならない震え声を発する私の背後で、下っ端どもが吼《ほ》える。

「いかにも！　メリル様こそは聖女様の娘御にして、貴様ら悪魔を滅ぼす神よりの使者である！」

「怖気《おじけ》づいたろう悪魔め！」

「命乞いをしても無駄だぞ！　メリル様は悪魔の言葉になど惑わされん！」

やめろ。黙れお前ら。これ以上、この化物の機嫌を損ねるな。

私は怒りと恐怖が最高潮に混ざりあって、ほとんど紫の顔色になっていた。

「さあ悪魔よ！　数多の人間を殺《あや》めた罪、その命をもって償うがいい！」

そのとき。

下っ端の一人が発したその言葉に対し、白狼の悪魔はわずかに歯噛《はが》みした。

「罪、か。どうせ何を言おうと聞く耳は持たんのだろうな。貴様らは……」

その呟《つぶや》きには、どこか弱々しい響きが滲《にじ》んでいた。

息が詰まるような威圧感すら、一瞬だけ忘れさせるような。


——だから私は、反射的にこう叫ぶことができた。


「聞きます！」

びしりと手を挙げて、震えを必死に隠しながら。

私は全身全霊の勇気を振り絞って、白狼にそう訴えた。

「いっ、言いたいことがあるなら！　この私が……メリル・クラインが余さず聞いてあげましょう！　戦うのはそれからでも遅くありません！」

勝機ゼロの絶望的な戦いを一秒でも先延ばしにしようという私の抵抗だった。

同時、私の背後で大勢が一気にざわめく。

「メリル様！　いけません！　悪魔の囁《ささや》きに耳を貸すなど……」

「情けは禁物です！」

「今すぐ浄化を！」

ぶちっ、と私のこめかみで血管が切れる音がした。

「引っ込んでなさい！　たとえ相手が悪魔であろうと何であろうと、交わせる言葉があるならまず言い分を聞くのが人としての道理というものでしょう！」

目を血走らせて下っ端どもに吼える。悪魔は恐ろしくて仕方ないが、人間が相手ならいくらでも偉そうに振る舞える。幼少期からそういう風に育ってきた。

私は恐怖を押し殺して、白狼の瞳をまっすぐに見返す。

「さあ。話ならいくらでも──日が何度でも明け暮れるまで聞きましょう！　どうぞ存分に語ってください！」

白狼は値踏みでもするように私をじっと睨《にら》んできた。

長い、長い沈黙。

今この場で背中を向けて全力疾走すれば助かる可能性はどのくらいか──私がそんな勘定を巡らせ始めた頃、

「我は誰も殺していない」


吐き捨てるように、白狼がそう言った。

それから獰猛《どうもう》に唸って爪牙《そうが》を尖《とが》らせる。

「どうだ。到底信じられまい。悪魔の虚言と嗤《わら》うだろう。だが、我は決して──」

「分かりました！　では、徹底的に調査します！」

「──は？」

白狼が呆気《あっけ》にとられたようにその大顎を半開きにする。

「そこまで仰《おっしゃ》るなら無下にはできません！　この私が、なんとしてでもあなたの無罪を証明してみせましょう！」

そして私は、一縷《いちる》の望みに懸けて叫んだ。

「ですからこの場は一旦！　お互いに矛《ほこ》を収めるという形でどうでしょうか！」


これが後に『不戦の聖女』と呼ばれることになる──私の初仕事の幕開けだった。

第一章　昏き峠に人は消え

The Second Saint is a lamb amidst wolves

この峠では、頻繁に人が消えるという。

直近の一年間では、交易商人の馬車が二十台ほどこの峠で消息を絶っている。

それとは別に、行商人などの個人単位でも五十人余りが行方不明。

いずれの事例においても遺体や遺留品は一切見つかっていない。まるで蒸発してしまったかのような消え失《う》せ方だったという。

併せて、峠ではたびたび『尋常ならざる巨体の狼《おおかみ》』が目撃されていた。

地元の教会支部はこの狼を【峠の白狼《はくろう》】と仮称し、事件の元凶と認定。聖都の教会本部に悪魔祓《ばら》いの派遣を要請した――……


「ほら！　つまり現時点で、この狼さんがやったという証拠はないというわけです！」


私はここで初めて、今回の仕事の依頼書を広げていた。

どうせ現場に赴いて悪魔を倒すだけの作業なのだから、いちいち事件の背景など知らなくてよい、とこれまでは考えていた。

だが今は事情が違う。

もしこの悪魔にかけられた罪が冤罪《えんざい》だったなら、ここで戦う必要はなくなる。つまり私は無傷で引き返して家に帰ることができるのだ。

しかし――

私は未《いま》だ震えながら、改めて白狼の姿を仰ぎ見る。

異形とでもいうべき体軀《たいく》。鮮血よりも毒々しい真っ赤な瞳。これ見よがしに伸びた牙は、完全に人を噛《か》み殺すための代物としか思えない。

（まあ、証拠はないけど間違いなくこいつが殺《や》ってるでしょ……）

時間稼ぎとして話を聞くとはいったが、私の直感では一〇〇％クロだった。

そもそも悪魔のすぐ近くで人死にがあれば、それは間違いなく悪魔の仕業なのだ。血まみれで死んでいる人物の横に血まみれの包丁が転がっていたら、わざわざ凶器を他に疑う必要などあるまい。それが世間の常識というものだ。

そこで、白狼が私に顔を近づけてきた。

生暖かい息が吹きかかって、おぞましさに全身の肌が粟立《あわだ》つ。

「貴様……」

「ひゃっ」

喰《く》われる。

もうダメだ。死んでしまう。

「本当に悪魔祓いか？」

「へっ」

私は思わず呆《ほう》けたような返事を漏らす。

「貴様ら悪魔祓いどもにとって、我らなど害虫に等しいようなものだろう。まして貴様はあの死神の血を継いだ娘。この場で我を消し飛ばす方がずっと簡単なはずだ」

——それが簡単じゃないから苦労してるんだっつうの

私は内心で愚痴を吐いた。

もし私に母のような力があれば、そりゃもうわざわざ悪魔の弁明なんて聞いたりしない。お望みどおりに一秒で消し飛ばしている。

無論、そんな本音をこんな犬畜生の前で漏らすわけにはいかないので、

「私の力は、無辜《むこ》の者を虐げるためのものではありません。たとえそれが悪魔であっても」

胸に手をあて、できるだけ堂々と言ってみせる。

やろうと思えばこっちは実力行使も可能なんだぞ、と。

決して無力なんかじゃないんだぞ、と。

そんな虚勢を存分に滲《にじ》ませて。

白狼は値踏みするようにこちらを見つめている。

「……ふん、酔狂な小娘だ」

「な、なんとでも仰《おっしゃ》ってください。これが私の信条です」

「ならば問おう。貴様は我の無罪を証明するといったが、それまでの間はどうする？　我のような存在をこのまま野放しにしておいてくれるのか？」

あっ、と私は声を漏らした。

そうだ。再調査という名目をでっちあげてこの場から離れるつもりだったが、こんな人喰いの化物を放置したままでいいわけがない。

「メリル様。やはりここはひと思いに討伐するしかないのでは？　悪魔にも慈悲をかけるメリル様の御心には感服いたしましたが……もし再調査の間にこの化物が人を襲えば、取り返しがつきません」

下っ端の一人がそっと私に囁《ささや》く。

言われなくたって私もそうしたい。そうできないから困っているわけで。

「何も調べぬままこの者を殺《あや》めるのもまた、同じく取り返しのつかないことです」

頭痛を覚えつつとりなした私は、何とかこの場を乗り越えようと考えを巡らせる。

そこで、はっと思い出して視線を向けたのは——右手の中指に嵌《は》めた銀の指輪である。

これはただの指輪ではない。

今日の初任務にあたり、聖女たる母から餞別《せんべつ》として授けられた品である。母の手によって退魔の力が込められており、これを嵌めたまま悪魔を殴れば攻撃力の倍増が期待できる、とのことだった。

無論、そんな徒手格闘《じさっこうい》に挑むつもりはない。大事なのは、この指輪に聖女の力が宿っているということだ。

唯一の頼りである指輪を指に撫《な》で、私は堂々と宣言する。

「事の真偽が明らかになるまで、私の力でこの場に結界を張っておきます」

下っ端たちが「おおっ」と唸《うな》った。

「なるほど。確かにそれならこの悪魔を閉じ込めておけますね」

「これほどの悪魔を封じるのは難しいでしょうが、メリル様ならば……！」

よし、騙《だま》せている。

誰も気が付いていないが、私の心臓は早鐘のように鳴っていた。

そもそも私に悪魔祓いの技能など皆無だ。まともに訓練を受けたこともなく、母のコネだけで資格を獲得した。もちろん結界の張り方などまったく知らない。

だが、それで構わない。

まともな結界でなくていい。短時間だけでも『悪魔を閉じ込める結界らしく見えるもの』を張ればいい。

それで下っ端たちに「封印は完了した」と言い張って、再調査のためと銘打って下山するのだ。

その後にハリボテの結界が破れてこの悪魔が新たな被害を出そうが、そんなのは私の知ったことではない。コネで免状を出した教会の偉い人が悪い。

幸い『結界らしきもの』を張る手段にもアテはある。母からもらった指輪だ。

聖女たる母には、地面に線を引くだけで強力無比な結界を張れる反則性能がある。その力が多大に込められた指輪を使えば、私でも結界もどきを張ることは不可能ではない——と思う。たぶん。きっと。

「ええと、そういうことで大丈夫ですか……狼さん？　あの、これはあくまで一時的な措置であって、無実が証明され次第すぐに解放することを約束いたしますので」

「ここで我が拒んだところで、貴様に殺されるだけだろう。好きにしろ」

できるだけ下手に出て頼んだ結果、白狼の同意も得られた。

そうして私は母に祈りながら、結界を張る作業に移る。

といっても狼の周りに木の枝でぐるっと円形の線を引き、その線上に指輪を置くだけである。果たして本当に上手《うま》くいくのか。上手くいかなかったらどう言い訳するべきか。ひどい不安を抱えながらの作業だったが——果たして結果は上々だった。

円状に引いた線から神々しい銀色の光が立ち昇り、天まで続くような円柱状の結界となって白狼を閉じ込めたのだ。

こんないい加減なやり方でもなんとかなるなんて、さすが聖女の力は偉大だった。

「さあ！　これにて今日のところは一旦下山しましょう！」

自然と私のテンションも高くなっている。

人生最大の修羅場をなんとか潜《くぐ》り抜けたのだ。後は速やかに実家に連絡して母に泣きついて、この悪魔の処分を丸投げすればいい。

去り際、私はちらと白狼を振り返る。

異形の悪魔は結界の中で、ただ静かに座っていた。だがその視線だけは、まっすぐにこちらを見据えている。

思わず寒気を覚えた私は、慌てて目を逸《そ》らして峠を下り始める。

どれだけ速足で駆けても、背中を射抜くような鋭い視線の気配は、なかなか消えてくれなかった。

「はぁーっ⁉　どぉーして助けに来てくれないの！　ママぁ！」

峠からほど近い街の教会支部にて、私は電信機を乱打していた。

実家に向かって送ったメッセージは『母へ。救援求ム』だったのだが、返ってきたメッセージは『娘ヨ。大丈夫。ガンバレ』だった。

いったい何が大丈夫なのか。

だいたい、あんたが一人娘《わたし》を甘やかし過ぎたのが悪いのだ。おかげで私は何の力もないのに最強だと思いあがってしまって、こんな死地に赴くハメになってしまったではないか。親としてもう少し責任を感じるところはないのか。

憤慨しながら私は『来イ。今スグ。来イ』と電信を打つ。

実家からの返答は『忙シイ。無理。ガンバレ』の三単語。

やがて母は新たな討伐任務にでも赴いたのか、電信を打ってもまったく返事をよこさなくなった。

私は苛立《いらだ》ちのあまり、電信機の置かれた机を思いきり蹴とばした。

「メリル様、どうなさいましたか？」

その音を聞きつけて、この教会の支部長――ドゥゼルという老人が駆けつけてきた。支部長といっても、こんな辺境の支部は部下もまともにいない一人経営だ。うだつの上がらない典型的な田舎神父といっていい。

「ああ、いえ。ちょっと机に足をぶつけてしまいまして」

「お怪我《けが》はありませんか？」

「大丈夫です。ご心配なく」

むくれたまま私は机から立ち、ドゥゼルに残りの用を言いつける。

「うちの母は忙しいとのことだったので、教会本部に正式な増援の要請をお願いします」

個人的なコネで増援を呼べない以上、正規ルートで別の増援を送ってもらうほかない。

「はあ……分かりましたが、なぜわざわざ増援を？　メリル様ならばお一人でもあの程度の悪魔に後れを取ることなどないでしょう」

「それは――」

私は一拍だけ置いて咳払《せきばら》いする。

「これから私はこの街で事件の詳しい調査を行わなければなりません。その間、万が一に備えてあの悪魔を見張っておく者が必要なのです」

実は――この期に及んでも私は、自分が弱いということを周囲に隠していた。

理由は単純。己が無能と告白してしまえば、これまで神の御子《みこ》として散々に崇《あが》め奉られてきた名声をすべて失うことになってしまうからだ。

そりゃあ聖女の娘だから今後も裕福な暮らしはできるだろう。

しかし、これまで私に跪《ひざまず》いてきた者たちは、一気に掌《てのひら》を返して陰口を囁き始めるはずだ。親の七光りだとか、残念二世だとか。


そんな屈辱は私のプライド的に耐えられない。


昨晩は命が助かるなら名声など捨ててよいとすら思ったのに、こうして安全圏に逃れることができた今は、なんとか体面を保とうと考えてしまっている。我が事ながら、つくづく人間というのは現金な生き物だ。

「しかしメリル様。あの悪魔はメリル様が結界で封じたのでしょう？　それなら見張る必要など……」

「ねっ、念には念を入れるべきですから！」

「はあ……」

「とにかく、増援の要請をお願いします！　できる限り迅速に！」

私的な電信で母に直談判《じかだんぱん》するのと違って、教会本部に増援要請をするのは事務的に面倒な手続きが必要になる。

そのあたりはすべてドゥゼルに任せ、私は籠城の準備に入った。

無能な私が張った以上、あの結界はハリボテ同然だ。

白狼は今頃とっくに脱走しているだろうし、なんならこの街を襲いにやってくるかもしれない。

そうした場合に備えて、私は増援の到着まで教会支部の地下壕《ごう》に引きこもることを決心していた。一人で事件の推理に集中するという建前で。地下壕の外から「助けてくださいメリル様！」と悲鳴が上がっても、断固として扉を開かない覚悟で。

そうして、食糧庫に赴いて日持ちしそうな食品をあれこれ漁《あさ》っていたところ——

「あっ。メリル様！　さきほどあの悪魔の様子を見てきましたよ！」

教会本部から引き連れてきた下っ端の一人が、いきなり背後から声をかけてきた。


「……は？」

私は驚愕《きょうがく》のあまり、手に持っていた食糧をどさどさと床に落としてしまう。

だって今頃、もうあの白狼は脱走しているはずで。つまり私の失態がバレたということで。無能な私に対する苛烈な責任追及が始まるというわけで。

「いやあ、あの悪魔め。メリル様の結界に手も足も出ないようで、犬っころみたいに大人しく座ってましたよ」

と思いきや。

下っ端は普通にヘラヘラとしていた。曰《いわ》く悪魔はろくに抵抗もせず、完全に諦めきった様子で佇《たたず》むばかりだったという。

その報告を聞いた私は、ある結論に辿《たど》り着いた。

(あ〜よかった〜! さっすがママの指輪! あんないい加減な結界でも十分に効果があったんだ! いやもしかして、実は私の隠された才能のおかげかも?)

結界が十全に機能しているならば、黴《かび》臭い地下壕に引きこもる必要はない。

悠々自適に増援を待って、悪魔の始末を押し付ければいい。

それまでは——

「そうですか。結界が機能しているなら、私も安心して事件の調査に専念できるというものです」

そんな建前でのんびり過ごすとしよう。

下っ端は私の言葉を聞いて、やや複雑な顔になった。

「メリル様……本当に悪魔などの弁明を信じるおつもりなのですか？」

「無根拠に信じるわけではありません。ただ、万全に万全を期すだけのことです」

企《たくら》みが上手く運んで機嫌がよくなっていた私は、滑らかに嘘《うそ》八百な建前を並べ立てる。

「というわけで、事件の資料を改めて持ってきてくれますか？」


下っ端たちが総動員で集めてきた資料は、驚くほどに――少なかった。

教会の支部が記録した一連の被害報告書をかき集めても全部で十数枚ばかり。いずれも失踪した被害者の名前と、事件の推定発生日時、商隊の馬車が襲われた場合は被害額が追加で書かれている程度。

この被害にあの白狼が関与した証拠や目撃情報は皆無。完全に憶測だけで有罪が決めつけられている。

強いて有罪の根拠を挙げるとすれば、争った形跡や血痕、馬車の残骸などがまったく見当たらなかったこと。普通の物盗《と》りに襲われたのならば何かしらの痕跡が残るはずで、そうしたものが一切ないのはやはり魔性の者の仕業だと結論付けられている。たとえばその巨大な顎で、すべてを丸呑《の》みしてしまったとか。

要するに疑わしき悪魔は罰せよ、ということだ。

あまりにも簡素な資料だったため、読み込んで時間を潰そうという目論見《もくろみ》は早くも崩れてしまった。

まあ、それはそれで構わなかった。

「これでは全然足りません。少し外に出て聞き込みをしてきます」

「えぇ？　メリル様ともあろう方がそのような……」

「いいえ。せっかく現場の近くにいるのですから、街の人々に忌憚《きたん》ない意見を聞くべきでしょう。本当に——あの白狼が恐るべき悪魔なのか否か」

どう考えても恐るべき悪魔でしかないのだが、敢《あ》えて私は勿体《もったい》ぶった。

とりあえず百人くらいに聞き込みをすれば、一人くらいは逆張り回答をする変わり者がいるはずだ。それを無駄に尊重してみせて牛歩戦術を取ればいい。

と、そんな魂胆だったのだが——……

「ああ、知ってますよ。峠のでかい狼でしょう。被害？　いや聞いたことないですねぇ。ここら辺の人間は、滅多にあの峠に近づいたりしませんから」

「なんでって、そりゃ怖いからですよ。悪魔の棲《す》んでる峠道なんて」

「そりゃ多少は近道になりますがね。歩きにせよ馬車にせよ、麓の迂《う》回路の方がよく整備されていて安全です。そこまで無理して通るほどでは」

街を歩く誰に聞いても、そんな返答ばかりだった。

確かに白狼の悪魔のことは恐ろしい存在として認知している。しかし、認知しているがゆえにわざわざ近寄る者もまたいない。

家族や知人が直接の被害に遭ったという住民は、ただの一人も見当たらなかった。

予想とは少し外れていたが――私にとってはあまり大した問題ではなかった。

「ふぅむ、これは著しい情報不足ですね。とても軽々に判断を下せそうにはありません」

聞き込みに同行する下っ端たちの前で、わざと深刻めいた顔でそう唸ってみせる。

昨晩峠道を歩いた疲れが残る中、地道な聞き込みを続けるのは正直骨が折れるが、あの白狼との直接対決を避けるためと思えばいくらでも体力が湧いてくる。

私は次なる一手を声高に告げる。

「被害に遭っているのは主に馬車や行商人……つまり通商関係の人間ですね。であれば、地元の商人組合《ギルド》などが事件の詳細をより把握しているかもしれません。今度はそちらに向かいましょう」

下っ端たちは露骨に面倒臭そうな顔をした。

メリルは下っ端と内心で呼んでいるものの、『聖女の娘』の初任務への帯同を許された彼らの多くは、教会本部の幹部子弟だ。つまりいいところのボンボン育ちが大半で、こんな面倒な仕事には慣れていない。

「メリル様は悪魔ごときを殺すのになぜこんな手間を？」という本音が聞こえてくるようだった。私だって逆の立場ならそう思う。

「いいですか、みなさん」

不満のガス抜きのため、私は適当な口上を用意する。

「これが私のやり方です。私はいずれ――お母様をも超える聖女になるつもりです。そのためには、お母様と同じ道を歩んでいてはダメなのです。別の道を歩んでこそ、新たな景色が見えるというものでしょう」

ここに赴いたのが母なら、今頃すべての仕事を済ませて帰宅済みだろう。仕事を済ませた自分へのご褒美と称して、豪華なディナーの予約までしているかもしれない。

まったく実に恨めしい。その圧倒的な力の半分でいいから分けて欲しい。

そんな私の本心がちょっと漏れていたのか、この言葉は下っ端たちにあまり響かなかった。

誰もが「はぁ……」という顔で困惑している。

というか、さすがに無理筋が過ぎたのだろう。

悪魔ごときの話に真面目に付き合って、なぜ聖女をも超える聖女になれるのか。


方便の不出来さを誤魔化すため、私は足早に商人組合へと向かった。


土地勘はないが、教会本部のある聖都と比べたらまるで箱庭のように小さい街だ。そこらの人間を捕まえて道を尋ねれば目的地などすぐに分かる。

これがもし聖都なら、聖女の娘たる私が声をかけただけで、住民はその場で祈りを捧《ささ》げてくることだろうが、こんな田舎だと私の顔はさすがに認知されていない。こういう感じもたまには新鮮で悪くなかった。


「──教会の者です。少しばかりお尋ねしたいことがあるのですが」

辿り着いた商人組合の建物も、やはり田舎らしい素朴さ……というかボロさだった。いちおうは石積みの二階建てだが、ところどころに苔《こけ》がむしている。

「おう？　教会？　何の用だい」

しかも、応対に出てきたのも酒樽《さかだる》を抱えた労働者風の大男だ。

都市部の商人組合には価格交渉などを対応する交渉役が常時いるはずだが、こんな田舎では事務方を常に配置しておく余裕もないのだろう。

私は外套《がいとう》のポケットから、事件の調査報告書を引っ張り出す。

「この近くの峠で発生した行方不明事件について調査しています。ここに書かれている被害者――商人たちの名前に心当たりはありますか？」

問われた大男は酒樽を置くと、懐から眼鏡を取り出して書類を覗《のぞ》き込んだ。

それから大いに眉をひそめて、

「なんだこりゃ」

不思議そうに呟《つぶや》いた。

「えっと、どうなさいました？　心当たりがありませんか？」

「いんや。こんな連中、一人たりとも聞いたことがねえ。っていうか問題はそこじゃねえ。ここだ」

大男が指差したのは、積み荷の被害額の合計額だった。

聖女の娘たる私や、ボンボン育ちの下っ端たちは誰一人としてそこに違和感を持っていなかったのだが――

「高すぎる。こんな辺鄙《へんぴ》なド田舎で、どんなお宝を運んでたってんだ？」

「説明が遅くなり申し訳ありません。あの荷馬車は遠い南方の商人が手配したものなのです。積み荷も南方でのみ採れる希少な薬草だったと」

教会支部に戻るころには、ドゥゼルも増援要請の手続き仕事を終えていた。

そこで積み荷の件を尋ねてみたところ、彼は淀《よど》みなく答えた。

「そうした異国の者ゆえ、あの峠に悪魔が棲んでいるなど知らなかったのです。だから通商ルートに組み込んでしまい、不用意に通行してしまったと。そう訴えておりました」

「そうですか……ありがとうございます」

説明を受けた私は、どことなく違和感を覚えていた。

被害の件数が一件限りならこれで納得したかもしれない。

しかし、高額な積み荷を載せた馬車が一台失踪したら、どんな商人も必死になって再発防止を講じるものではないだろうか。

今回の白狼によるものとされる被害は馬車だけでも二十台ほど。これがすべて同じ商人の手配したものだというのは、あまりに無策が過ぎる。むしろ被害額を進んで増やしたようにすら思える。

「んー……」

「メリル様。何かご不明な点でも？」

「いえ、このくらいで大丈夫です。もう眠いですし」

釈然としない点はあるが、別に私は本気で真相を究明しようとしているわけではない。ただ戦いを先延ばしにするため調査のフリをしているだけだ。

そもそも、最終的にはあの悪魔の仕業に決まっているだろうし。

大きくあくびをした私に、ドゥゼルが思い出したように告げる。

「ああ、そうですメリル様。本部からの増援の件ですが、順調に要請が通りそうですよ。早ければ明日にも追加人員が到着するでしょう」

「え！　本当ですか！」

「はい。悪魔祓い様ではなく、聖騎士の方ですが」

なんだ、と私は肩を落とした。

教会の持つ戦力には二種類いる。

母のように奇蹟《きせき》的な力を持って生まれた『悪魔祓い』と、一般的な兵士が聖別された武器などで武装した『聖騎士』。前者は単騎で悪魔を相手取れるのに対し、後者は質より量という印象が否めない。

「ご安心ください。メリル様の初任務を支えられるよう、精鋭中の精鋭を送ってくださるそうです」

「……それはどうも、ありがとうございます」

まあ、ただでさえ希少な悪魔祓いを同じ現場に二人以上投入するなど、通常はあり得ない。私自身が悪魔祓いとして認識されているのだから、そもそも増援を認めてくれただけでも異例の扱いなのだ。

(でも、やっぱりそんな連中に任せるのも不安だし、ママを呼べるまで戦いは先延ばしにしよっと)

私は再びあくびを漏らして、寝泊まりしている客間に足を向ける。

ちなみに下っ端連中は礼拝堂で雑魚寝である。討伐を先延ばしにすればするほど彼らの疲労は蓄積するだろうが、社会勉強だと思って耐えて欲しい。

客間に戻った私は、大して柔らかくもない安物のベッドに身を埋める。

そして眠りに落ちる前に、ほんの少しだけ考える。

——万全な言い訳を。何が起きようとも、あの悪魔との戦いを拒絶できる方便を。

✿

増援が到着したのは翌日の夜遅くだった。

漆黒の外套に身を包み、どこか殺伐とした空気を纏《まと》ったものが二十数人。

正直なところ、私の知る聖騎士とはずいぶん様子が異なっていたので驚いた。聖都に駐留していた聖騎士たちの多くは、上等な絹の外套に白銀の鎧《よろい》を纏って、貴族のように堂々と振る舞っていたものだが。

私の背後に控える下っ端連中も、どこか訝《いぶか》しむ表情になっている。どうやら同じことを考えているらしい。

「駐留部隊と実働部隊は性質がまったく違うのですよ。悪魔のように狡猾《こうかつ》な存在を狩るためには、同じく狡猾な戦士が求められるのです」

怪訝《けげん》な顔をする私たちにドゥゼルはそう説明してきた。

「へえ、そういうものなんですね……。全然知りませんでした。てっきり聖騎士といえばみんな、聖都にいるような人たちかと」

「はは。ああいうのは、住民を安心させるための象徴のようなものですよ。真に人々を護《まも》っているのは、血と汗にまみれて泥臭く戦う者たちなのです」

泥臭いというより、目の前のやさぐれた連中はどこか酒や煙草《たばこ》臭いような気がしたが、夜を徹して駆けつけてくれた者たちにそれを言うのはさすがに憚《はばか》られた。

なので、当たり障りない謝辞で誤魔化しておく。

「勉強になります。いろいろとお詳しいんですね」

「大したことはありません。長いこと雑用をこなしてきただけですよ——さて」

そこでドゥゼルは黒い聖騎士たちにちらと視線を送った。

「有罪が確定するまで処刑を猶予なさるという方針は既に伝えております。が、彼らもまずは討伐対象の悪魔を直接確認しておきたいとのこと。急な話で申し訳ありませんが、これより峠に同行していただいても構いませんか？」

「えっ。今からですか？」

「はい。相手を確認した上で、戦術を組み立てておきたいと」

私が聖騎士たちの方に視線をやると、先頭に立っていた男が静かに頷《うなず》いた。

「メリル様。どうなさいますか？」

下っ端の一人が尋ねてきて、私はしばし黙考。

正直、気乗りはしない。気乗りはしないが、あの結界が今後も効果を発揮し続ける保証もない。いざというときのため、始末の算段を練ってもらうのは必要か――

「あくまで様子見。その場では絶対に戦闘を避けるというなら、構いません」

熟考の末に、私はそう答えた――……


「ところでメリル様。調査の方は如何《いかが》ですかな？」

峠道を歩く途中で、ドゥゼルはそう尋ねてきた。

気乗りのしない行軍に付き合わされていた私は、ぶっちゃけ口を開くのも億劫《おっくう》だったが、無視するわけにもいかないので応じる。

「不可解な点はいくつかあります」

「ほう」

まあ正直、不可解なことはそれなりにあるが、気にするまでもない誤差の範疇《はんちゅう》だと思っている。

しかし今の私にとっての最重要事項は――揚げ足を取るようにどうでもいい疑問点を逐一見つけ出して、理屈っぽくそれにイチャモンをつけまくり、処刑執行をひたすら先延ばしにすることだ。そうすれば私は戦わなくてよいのだから。

そのための難癖案はいくつか用意してある。

「まずそもそも、なぜ被害者たちが峠道を通ったかということです」

「それはもう申し上げたでしょう。異国の商人が手配したゆえ、悪魔が棲んでいるのを知らなかったと――」

「ですが街の住民たちに聞いたところ、この峠は悪魔の件を抜きにしても通行路として非常に評判が悪いそうです。傾斜はきつく、未舗装で凹凸は多い。一方、麓の迂回路は石畳で整備されていて、人通りも多いので野盗などの危険も少ない。悪魔が棲んでいるという事情を知らずとも、商人ならば一目瞭然でどちらを通るべきか判断がつくはずです」

ほとんど聞きかじった話を、そのまま私は垂れ流す。

ドゥゼルは悩ましげに首を振った。

「それは、何かしらの事情があったのでしょう。事前に指定のルートを通るよう手配主から指示があったのかもしれません」

「だとしたら、なおさら疑問です。あそこまで相次いで被害を受けているのに、漫然と同じルートを指定し続ける商人というものがいるでしょうか？」

「……成る程。確かに不可解ではありますが、実際に事件は起きたのです。それだけいい加減な者も、この世にはいるということでしょう」

ふむ、と私は唸った。

そんなものだろうか。もっとも、案外と世の中は適当なものかもしれない。世間では完璧超人と持て囃される我が母も、家ではぐうたらなテキトー人間なわけだし。私のような無能にも悪魔祓いの免状が下りたわけだし。

下っ端たちが松明《たいまつ》で照らす夜道をひた進む。

黒の外套を羽織った聖騎士たちは、横一列の陣形で私たちの後ろをついてくる。どうせなら前を歩いて警護の役目を果たして欲しいが、おそらく前衛は私の担当ということなのだろう。

やがて結界と――その中で微動だにせず座っている白狼の姿が見えた。

閉じ込められているとはいえど、やはり近くに来ただけで威圧感が凄《すさ》まじい。しかもなぜか、白狼は私のことをやたらと凝視してくる。

視線から逃れようと下っ端の陰に移動してみても、執拗《しつよう》に赤い瞳が私を追ってくる。

なんだこいつ。

喧嘩《けんか》でも売っているのか。

ならば震えて待て。あと数日もすればきっと母を呼べる。その時こそは惨《むご》たらしく始末してくれよう。

下っ端の陰に隠れながら、私が黒い笑みを浮かべていると――

「ご相談なのですがメリル様。やはりこの場で悪魔を滅《めっ》していただくわけにはいきませんか？」

いきなりドゥゼルが無茶な要求をしてきた。

もちろん私は狼狽《ろうばい》して、両手をわたわたと振り回す。

「おっ、お待ちください。そういったことはしないという約束でしょう。まだ調査は途中なのですから」

「調査ですか」

落胆したようにドゥゼルが長いため息をついた。

「僭越《せんえつ》ながら申し上げます、メリル様。確かに不可解な点はいくつか残っているかもしれません。しかし此度《こたび》の事件では、既に大量の死者が出ているのです。多くの者が死に、その家族は今も泣き暮らしていることでしょう」

「うっ」

「このような状況で些事《さじ》に捉われ、処刑を先延ばしにする必要があるでしょうか。一刻も早く被害者たちの仇《かたき》を討ち、彼らの魂の安寧を祈るのが我ら教会の責務であると考えます」

困った、正論だった。

そのとおりだ。どう調査したところで、この悪魔がやったという結論はどうせ変わらないのだから、さっさと処刑執行するのが教会の一員として模範的な行動だ。

さらに遺族の感情なんかを盾に主張されると痛い。理屈っぽい難癖で時間稼ぎを試みる算段だが、そうした感情論には理屈で対抗できない。

それにメリルだって人の子である。家族を失って泣き暮らしている善良な人々の姿を思い浮かべれば、ほんの少しは良心に響くところがないわけでも、

――『こんな連中、一人たりとも聞いたことがねえ』

――『あんな化物のいる峠、誰も好き好んで近寄りゃしません』

「……ん？」

「どうなさいました、メリル様」

唐突に思い出した街の人々の言葉とともに、頭のうちで何かが閃《ひらめ》きそうになった。
新たに先延ばしの言い訳にできそうな、何かが。
――『まるで神隠しのように消え失せた被害者たち』
『何一つ痕跡の残らない、魔性の者の仕業としか思えない犯行』
そして脳裏に、白狼の言葉が蘇《よみがえ》る。

――『我は誰も殺していない』

その瞬間、その『何か』は私の口から自然に出てきた。

「本当に被害者がいるのでしょうか？」

「……はい？」

「いえ。街中で聞き込みをしても、被害者の方たちを誰一人としてご存じなかったですし、事件の痕跡も何もかも見つかっていないんですよね？　まず大前提として、本当に事件があったんでしょうか？」

さきほど私は、泣き暮らす遺族の顔を想像してみようとして――ちっとも思い浮かばなかったのだ。どの証拠も証言をとっても、あまりに『事件があった』という現実味が薄すぎて。

「はは。何を仰います。本当に事件がなければ、わざわざ異国の商人が手間をかけてまで教会に被害を訴えたりしないでしょう。何の得があって架空の事件をでっち上げるというのです」

そりゃそうか、と私が思ったとき。

ふいに下っ端の一人が声を発した。

「あ、あのっ！　もしかすると荷馬車の積み荷に保険金がかかっていたということはないでしょうか？」

私は発言した下っ端を振り返る。

すると下っ端は咎《とが》められたと勘違いしたのか、委縮したように頭を下げる。

「も、申し訳ありません。私ごときが出過ぎた発言を……」

「構いません。続けてください」

なんかよく分からないが、時間稼ぎの援護射撃なら望むところである。

私に促された下っ端は頷いて続ける。

「架空の被害を積み上げて、しかる後に保険金を請求すれば――荷主の商人には多大な利益が生まれませんか？　実際は何の損害も受けていないのに、多額の補償だけは得られるわけですから」

へぇなるほど、と内心で私は唸った。

保険という商売の制度は聞いたことがあったが、そんな悪用の仕方など考えたことはなかった。まったく世の中、悪どいやつがいるものである。

「ははっ。いや愉快な想像ですが、あまり聞きかじりで物を言うべきではありませんよ」

そんな下っ端の言葉に対し、ドゥゼルは大いに笑った。

教鞭《きょうべん》を執る教師のような態度で彼は指を立てる。

「残念ですが、それはあり得ません」

「なぜですか？」

ややムッとして反駁《はんばく》する下っ端に対して、ドゥゼルは鋭く一言。

「商売をあまりに舐《な》めすぎです」

みなさんはご存じないでしょうが——とドゥゼルは続ける。

「荷馬車や船舶などの保険制度を運営しているのは、複数の国を股にかける大商会などです。あるいは国家が運営している場合すらある。往々にして彼らは、大変に財布の紐《ひも》が固い」

「はあ……」

未だドゥゼルの言わんとするところが分からず、下っ端は生返事をしている。

やれやれと彼は首を振って、

「要するに。今回の被害を訴えた異国の商人が、どこかで保険による補償を訴えようと、銅貨一枚とて支払いなど許されないということです。悪魔を殺すのに証拠は要りませんが、保険の請求には揺るがぬ証拠が必要不可欠ですから」

言い負かされた下っ端が項垂《うなだ》れる。

ドゥゼルはどこか勝ち誇った笑みを浮かべ、仰ぐように白狼を示す。

「さあメリル様。懸念がもうないのでしたら、どうか今すぐこの忌まわしい悪魔を滅《めっ》してくださ――」

「懸念なら、あります」


びしりと私はドゥゼルに指を向けた。

私は商売の仕組みなど大してよく知らないが、今のドゥゼルの説明には一点だけ致命的に納得できない部分があった。

「……ほう。まだ、何か？」

「今回の事件に対して、証拠不十分だから保険金というものが支払われない――それはおかしいと思うんです」

「何を仰っているのですメリル様。此度の事件は著しく証拠不足だと、貴女《あなた》自身がさんざん指摘なさっていたではないですか」

「それとこれとはまったく別問題です」

ちっちっと私は指を振った。

新たに素晴らしい先延ばしの方便を思い付いて、ことさら気分がよかった。

「私はメリル・クラインです。聖女をも超える聖女と呼ばれる、この世でもっとも尊い存在です」

「それは、重々承知しておりますが……」

「ならば理解できるでしょう」

私は懐から一枚の紙を取り出した。

白狼に対する討伐依頼書。集団失踪を引き起こした悪魔を討伐し、事態を収束させて欲しいという旨の書かれた書類だ。

「私がこの白狼を滅ぼし、この依頼書に『任務完了』の署名を記した時点で、誰がその偉業に文句を付けられるというんですか？」

さきほどドゥゼルは、『保険制度を運営しているのは大商会や国家といった存在』だと言っていた。

――まったく、その程度の連中がなんだというのか。

悪魔に対して唯一の対抗戦力を持つ教会は、どんな国家や商会よりも上の立場だ。その中で最高の地位を持つ聖女《はは》や私《わたし》には、この世のどんな権力だって逆らえはしない。

「まして今回の事件は、記念すべき私の初陣です。国やら商会ごときが『あの事件はそもそもでっち上げだったのでは？』などと難癖を付けて支払いを拒絶してみなさい。それはこの私の偉業に泥を塗る冒瀆《ぼうとく》とみなされ、どれだけ教会の怒りを買うか分かりません。いかに証拠不十分だろうと、泣き寝入りして言い値を払うしかないのです――というわけで！」

会心の言い訳に私はテンションを上げる。

「ますますもって、この場で私が手を下すわけにはいきませんね！　保険がどうのという件も考慮して、聖都の商会なども巻き込んで大きく再調査する必要があるでしょう！」

勝った。

言い訳を捏《こ》ね繰り回して、問題の規模を大幅に広げることに成功した。

これはもう一日や二日では片付かない。どう足掻《あが》いても長丁場になる。

「はい、みなさん！　そういうわけですから帰りましょう！　もう夜も遅いですし！」

私が満面の笑みで全員にそう呼びかけた瞬間。


――その場に銃声が響いた。


私を含めボンボン育ちの下っ端たちは、そもそも間近で銃声を聞いたことがない。

聖都の式典などで空砲が撃たれるのを目にしたことがあるくらいだ。

だから、何が起きたのかすぐには理解できなかった。

「動かないでください」

合図のように右腕を挙げているドゥゼルと、長銃を構えている聖騎士たち。

今しがた撃たれた一発は威嚇のようで、一人だけ空に銃身を向けている。

「特にメリル様。もし少しでも動けば、あなたの可愛《かわい》い部下たちを皆殺しにします」

「……へっ」

事態に頭の処理が追いついてこなかった。

なぜこんな田舎神父ごときがこの私に脅しをかけているのか。なぜ私に跪くべき聖騎士たちが無数の銃口を向けてくるのか。

「貴女は実に——実に白々しい演技をなさる。そこまで見抜いていたなら、もう分かっているでしょう。最初に事件の調査報告書を作成した私もまた、詐欺の共犯であると」

私の全身からどっと冷たい汗が噴き出した。

そんなこと、微塵《みじん》も考えていなかった。

だいたいほんの少しでもドゥゼルが怪しいと思っていたら、こんな夜中にノコノコと峠に同行なんてしていない。

私がぐるぐると目を回している間に、立ち直った下っ端の一人が聖騎士たちを怒鳴る。

「こ、この無礼者ども！　神に仕える聖騎士がメリル様に銃を向けるなど、決してあってはならんことだぞ！」

返答の代わりに発砲が来る。

足元に脅しの銃弾を撃ち込まれた下っ端は、気勢をなくしてその場にへたりこんだ。

「ああ。こいつらはただの傭兵崩《ようへいくず》れですよ。まともな増援を一日や二日で呼べるわけないでしょう。出資者殿《スポンサー》に『小賢《こざか》しい聖女の娘が詐欺に気づくかもしれない』と相談したら、急いで手配してくれましてね」

「そっ、その程度で。この私に敵《かな》うと思ってるんですかっ？」

悪魔ならまだしも、人間に殺意を向けられるなんて想定外も想定外だった。

ほとんどパニックに陥りながらも、私は必死にハッタリをかます。

「もちろん貴女には敵わないでしょう。ですが、大勢の足手纏いどもを撃ち殺すのは簡単なことです」

私の取り巻きは十人程度。一方の聖騎士――ではなく傭兵崩れどもはその倍以上。

しかもこちらは誰一人として戦闘経験なしの素人揃《しろうとぞろ》い。相手がやろうと思えば一分を待たずに全滅だろう。

「なのでメリル様。取引といきませんか？」

「取引……？」

「はい。目論見を見抜かれてしまった以上、もはや私は教会の勢力外に逃げるしかありません。どうかこの場は見逃していただけませんか？　そうすれば、貴女の部下たちの命は保証しましょう」

私は首がもげるほどの勢いで頷いた。

下っ端たちの命はわりとどうでもいいが、その条件なら何よりも重い私の命が助かる。ただ見逃すだけでいいなんて、まるで拒む理由がない。

しかし、下っ端たちが騒いだ。

「ふざけるな……！　メリル様！　俺たちのことなど気にせず、どうか戦ってください！」

「足手纏いになるなど御免です！」

余計なことを言うな馬鹿ども。

せっかく無事に見逃してもらえそうなのに。そんなに戦いたいなら率先して貴様らが肉壁になって私を守れ。

私は掌で下っ端たちの発言を制して、ドゥゼルに告げた。

「分かりました。では、今すぐこの場を去ってください」

「そうしたいのは山々なのですがね。このまま私たちが逃げたところで、しばらくすれば貴女が単身追いかけてくるでしょう？　そうなれば私たちに勝ち目はない」

断じて追いかけない。

この場で泣いて震えて朝を待つ。

「なので保証が欲しいのです。我々が無事に貴女から逃げおおせるという保証が」

そう言うと、ドゥゼルは傭兵を振り返った。

そのうちの一人が背嚢《はいのう》から鋼鉄製の枷《かせ》を取り出す。分厚く重々しいそれは、どう見ても人間ではなく猛獣を繋《つな》ぐためのものだった。

「それを身に着けていただけますか。手足にそれぞれ。それだけの重石《おもし》があれば、さすがの貴女も追跡が容易ではないでしょうから」

私はいったい何だと思われているのだろう。

こんな猛獣用の鎖に繋いでいないと、傭兵どもを追いかけて血祭りに上げるような怪物だと思われているのだろうか。

本当に心外だ。怪物というのは——ああいう感じだろうに。

私は横目でちらりと白狼を見た。

相変わらず結界の中で座ったまま、私の方をじっと見据えている。

いや、その表情に変化があった。

私と視線が合った瞬間、白狼はほんの微《かす》か——嘲笑《あざわら》うように口の端を吊《つ》り上げたのだ。

(この犬畜生……人間同士が争ってるのを見て、愉《たの》しんでやがる……)

危うく私はキレかけた。

醜怪なる悪魔に良識など期待する方が愚かだが、私の苦境を肴《さかな》にされていると思うと腹立たしくてならなかった。

怒りに身を任せ、半ば投げやりな気分で私は足枷を、次いで手枷を嵌める。

「はい！　これで満足でしょう！　もう私は身動きできませんから、安心して逃げ去ってください！」

「ええ、ありがとうございます」

ドゥゼルが再び右手を挙げた。それは撤収の合図かと思われたが、

「……えっ？」

傭兵たちの構える長銃の狙いが、すべて私に向けられた。

困惑する私にドゥゼルが告げる。

「お許しください。どこかへ逃げるにしても、手土産がないと誰もこんな老人を受け入れてはくれないのです」

「待っ。どういうっ」

「教会を疎ましく思う者も存外に多い。貴女の首は、そんな連中に最高の土産となるでしょう」

状況を察した下っ端たちが複数人、慌てて飛び出そうとする。

しかし遅い。ドゥゼルが斉射の合図を出す方がずっと早い。

あ。ダメだ。死ぬ――……

「見事だ。メリル・クラインよ」

地響きのような轟音《ごうおん》が周囲を揺らした。

しかし、それは銃声ではなかった。

まるで疾風のごとく。一瞬で私の前に滑り込んできた白狼の悪魔が、前脚の一振りで傭兵たちを全員薙《な》ぎ払ったのだ。

直接に爪が届いたわけではない。だが、空を裂いた衝撃だけで傭兵崩れどもはあっけなく吹き飛び、木や地面に叩《たた》きつけられて気を失った。

「なっ……なぜ」

唯一、傭兵たちと離れたところに立っていたドゥゼルは意識を保っていたが、彼は驚愕に震えている。

私も混乱しながら結界を振り向いた。白狼を閉じ込めていた結界には大穴が空き、ちょうどガラガラと崩壊しているところだった。

——え？　なんでこいつ普通に脱出してんの？

たぶん、私とドゥゼルはまったく同じ疑問を同時に抱いていた。

それに対して、勝ち誇るように白狼が言う。

「愚かな男だ。貴様はずっと、この娘の掌で踊らされていたに過ぎん」

「なんだと……？」

ドゥゼルが顔を青くして私を振り向くが、本当に何のことか分からない。

ククク愉しそうに笑って狼は続ける。

「教えてやろう、この娘は最初から我を閉じ込めるつもりなどなかった。わざと薄紙のごとく脆《もろ》い結界を張ったのだ。この脆弱《ぜいじゃく》な結界を見たとき、我はこう言われた気がした――『無実は分かっている。しばし待て』と」

そんなこと言ってない。

全力で悪魔《あんた》を閉じ込めようとしてた。

「どう我の無実を証明してくれるのか見物させてもらうつもりだったが……まさか真犯人を目の前に連れてきてくれるとはな。見事というほかない」

「そんな、馬鹿な……」

崩れ落ちるドゥゼル。

白狼は彼を睨んだ後、つまらなそうにそっぽを向いた。

「引き裂いてやりたいところだが……。娘よ、貴様は人死にを好むまい。薙ぎ払った連中も相応に加減はしてある」

「えっ、あっ、はい」

別にドゥゼルの生死など比較的どうでもよかったが、目の前でグロい惨劇が繰り広げられるのは嫌だった。

それから白狼は目にも止まらぬ爪の一振りで、私の手枷と足枷をあっさり破壊する。

あまりに早業すぎて恐怖を抱く暇もなかったが「今こいつの手元がちょっと狂ったら私ごと切り裂かれてたんじゃない？　雑すぎるでしょこの犬」と遅まきに肝が冷えた。

「しかし娘。かくも思惑どおりに計略を運んだのは大したものだが、最後だけは感心できんぞ。なぜ連中の始末を我に任せた？」

「任せ……？」

「我に目で合図を送ってきただろう」

ああ、そういえば目が合ったときに嗤《わら》ってたわこいつ。あれを合図だと思ったのか。

「貴様ほどの実力者なら、あの場面を切り抜ける術《すべ》などいくらでもあったはず。今の手枷もよほど頑丈なのかと思ったが……裂いた感じ、この程度なら貴様でも簡単に破壊できたろう。なぜ無力になったフリをしてまで、最後の詰めを我に託した？」

「え、ええっと……」

無力のフリではない。本当に無力でどうしようもなかっただけである。

だが、そんな真相を打ち明けるわけにはいかない。私が無力無能だと分かれば、この犬畜生は即座に牙を剥《む》いてくるだろう。

もう理屈とか言い訳を考えている余裕はなかった。

咄嗟《とっさ》に私の口をついて出た言葉は、

「あなたは悪い悪魔ではないと思ったので！　きっと助けてくれると思ったので！」


子供みたいに幼稚な感情論だった。

助けてくれると思ったから、任せた。今の煮詰まった脳みそでは、もうそのくらいしか思い付かなかったのだ。

白狼は私の苦しい答弁を聞いた後――鼻で笑った。

「娘。悪魔という言葉の意味を一度調べなおした方がいいぞ」

「ぬぁっ……」

露骨にこちらを馬鹿にしている。そりゃあ『悪くない悪魔』なんて矛盾した言葉もいいところだが。

そこで、呆気《あっけ》に取られていた下っ端たちが、ようやく正気を取り戻して歩み寄ってきた。

「あのう……メリル様」

「ああ、みなさん。無事ならとっとと街に戻りましょ……」

「俺たち、感動しました！」

「へ？」

なだれ込むようにメリルの眼前に跪いた彼らは、なぜか恐怖ではなく感動に泣きじゃくっていた。

「メリル様の言っていた『お母様をも超える聖女になる』というのは、こういうことだったのですね！　まさか悪魔を打ち払うのではなく、従属させてしまうなんて……」

「メリル様ご自身の力に、子分となった悪魔の力をも加えればもはや敵なしというものです！」

歓声とともに部下が喚《わめ》き散らすが、私は即座に目を血走らせて反論した。

「違います！　従属とか子分とかそういうのではありません！　断じて！　くれぐれも誤解しないように！」

そんな言葉遣いをして、この悪魔が機嫌を損ねたらどうするのだ。

なんなら今は、銃を突きつけられていたさきほど以上に危険な状況なのだ。この狼が気まぐれに爪を振るっただけで、ここにいる全員が血煙と消えてしまうのだから。

「狼さん。誤解なさらないでください。私はそんなつもりはありませんので！」

「言わずとも分かっている」

巨体を翻し、白狼は峠の森の方へ歩んでいく。

「――我を信じてくれたことに感謝する。友よ」

地響きとともに山奥へと消えていく白狼。

彼が放った最後の言葉に、私は――

何言ってんだこいつ？

と思った。


以上が私、メリル・クラインの初仕事の顚末《てんまつ》である。

ドゥゼルと傭兵崩れどもは現地の警察に拘束され、そのまま身柄を教会へと引き渡された。

今後は詐欺の背後にいた商人などにも調査が及ぶという。

私は一切の名誉や地位を失わぬまま聖都へ凱旋《がいせん》。教会本部での報告を終えた後は、母のいる実家という安全地帯にウキウキ気分で向かっていた。

もう二度と悪魔祓いの任務になんて行かない。

断固たる意志ですべての依頼を拒絶し、聖都でチヤホヤされるだけの人生を謳歌《おうか》するのだ。

宮殿のごとく豪華な実家に着くなり、私は運転手に礼も言わず送迎の馬車を飛び下りる。門番たちの「おかえりなさいませ」も聞き流し、季節の花々が咲き誇る美しい庭園に駆け込んで――

「帰ってきたか……娘よ」


庭に、なんかいた。

見上げるほどの白い巨軀《きょく》。人を喰らい殺すためとしか思えない牙。鮮血のように赤い瞳。

絶対安全地帯である実家の庭に、決していてはならない白狼《かいぶつ》がいた。

「ママぁ――――――――っ！！！！！」

私は絶叫した。

大丈夫だ。実家《ここ》には最強のガードマンがいる。私の悲鳴が届けば、母が必ずやこの犬畜生を瞬時に消し去ってくれる。

「あらメリルちゃん。お帰りなさい～。お仕事お疲れさま～」

と、聖女《はは》は白狼の陰からひょっこりと顔を出した。

手にブラシを持っているから、毛繕いをしてやっていたらしい。

「こここここ、これは…………？」

「あぁ～。まだメリルちゃんには説明してなかったわね。私、ついさっきこの子を始末しに向かったのよ～」

「へ？」

「ほら。メリルちゃんが『助けて』って電信を送ってきたじゃない？　ついさっき時間に余裕ができたから、ちょっと走って現場に向かったの～」

事件のあった田舎町まで、馬車でも数日はかかる距離だったと思うが、母の規格外さについては幼少期から慣れているのであんまり考えないことにする。

「そうしたら峠にこの子がいてね～。手早く殺そうと思ったのだけど、この子が『覚えておけ死神。貴様の娘は、貴様などよりも遥《はる》かに傑物だぞ』って遺言を宣《のたま》ったのよ～。で、私は思ったの」

ぴんと母は指を立てる。

「よく分かってるじゃない！　そう、メリルちゃんはすごいのよ、って！」

「そうして我はここに連れてこられた……」

哀愁を漂わせながら白狼が呟く。

「なんで？　なんで連れてきたのママ？」

「だって～。二人はお友達になったって聞いたから～。どうせなら近くにいた方が遊びやすいでしょ～？」

私は神妙な表情になって、こう言った。

「ママ。拾ってきたところに帰してきて。今すぐ」

「え〜。どうして〜？　いいじゃない、うちの庭ってとんでもなく広いんだから〜」

「聖都の！　しかも聖女の家の庭に！　悪魔を住まわせていいわけないでしょうがぁっ！」

ぽん、と私の肩に白狼が巨大な肉球を触れてきた。

「娘よ。我を住処《すみか》に帰そうとしてくれることは有り難いが、もはや覚悟は決まった」

「どういう種類の覚悟……？」

「見届けさせてもらおう。貴様がこの無法な死神を超え、真の聖女となるまでの道程を」

白狼は獰猛《どうもう》な牙を覗かせてにやりと笑った。

「この死神の吠《ほ》え面《づら》を見られる日が来るならば、それも一興というものだ」

「やだ〜。我が子の成長に吠え面なんてかいたりしないわよ〜」

どこか意気投合しつつある様子の母と白狼。

まだだ、諦めるのはまだ早い。今ならまだ殺れる。ここで私が弱いことを告白して、母に今すぐこの恐ろしい悪魔を始末してもらうのだ。

「でもね〜。私、とっても安心してるのよ〜」

白狼の隙を窺《うかが》ってハァハァと息を荒くする私の前で、呑気《のんき》に母が語り出す。

「メリルちゃんって、すごくたくさんの悪魔に狙われてるじゃない？　こんなに鼻の利くお友達ができてくれたら、とっても頼もしいもの」

　ぴたりと私は凍り付いた。

「ママ……？　今、なんて言ったの？　私が狙われてる……？」

「それはそうよ～。私がすっごく恨みを買ってるから、娘のメリルちゃんも狙われるのは当然でしょう？　今も――」

　にこやかに母が空を見上げた。

　遠い青空に浮いた雲の中で、翼を持った何かがさっと身を隠したように見えた。

「だから……ね、メリルちゃん？　いつ誰が聞いているか分からないから、あんまり不用意なことを言うべきじゃないわよ？」

　己の唇にそっと指をあて、母がどこか冷ややかに微笑《ほほえ》む。

　もしかして――母はとっくに知っているのだろうか。

　私には何の力もないということを。

「とっても頼りになるお友達ができてよかったわね、メリルちゃん？」

「ふん……この娘に、我の助力が必要だとは思えんがな……」

私は自分の歯がカタカタと鳴るのを感じた。

たぶん、助けを求めても母は助けてくれない。この脳筋な聖女《はは》は、私に『独り立ちしろ』と言っているのだ。母の助けがなくとも、この先を生きていけるように。

獅子《しし》が我が子を千尋《せんじん》の谷に突き落とすように。

私は強い眩暈《めまい》を覚え、頭を抱えて懊悩《おうのう》し、最終的にはヤケクソになって――

「私の初任務達成のお祝いに、今日は聖都中の腕利きの料理人を集めて盛大にパーティーするから！　お金はママ持ちで‼」

今日のうちに最後の晩餐《ばんさん》をたらふく食べておこうと、そう決めた。

第二章　雨喚ぶ大蛇の呪い

The Second Saint is a lamb amidst wolves

その村では一年間、絶えず雨が降り続いていた。

川は氾濫で溢《あふ》れ、山肌は崩れ落ち、すべての畑は土砂に埋もれ果てた。

生活の糧を失った村人たちは出稼ぎのため方々へ散り、故郷との心中を決めた老人のみが村に残った。

そんな滅びを待つだけの村にある日、一人の少年が現れた。

少年は老人たちの制止も聞かず、ただ一人で山深くの滝壺《たきつぼ》に踏み入った。その滝壺には古くより、雨を喚《よ》ぶ大蛇の悪魔が棲《す》むと伝えられていた。

村の老人たちが少年の身を案じていると――唐突に雨がやんだ。

やがて山を下りてきた少年は、大蛇の返り血に染まっていた。


「おめでとうメリルちゃ～ん！　この前の事件解決が評価されて、新しいお仕事の依頼が来たわよ～！」

朝食の席で母がそう切り出した瞬間、私は脱兎《だっと》のごとく逃走を試みた。

食堂の扉を蹴破り、驚くメイドたちの脇をすり抜け、外の庭園へと駆け出して――

「嬉《うれ》しくてはしゃいじゃう気持ちは分かるけど、食事中にいきなり席を立つのはお行儀が悪いわよ？」

庭園には、先回りしていた母が立っていた。

目にも止まらぬ速度で私を追い抜いたのか、それとも瞬間移動でもしたのか。

逃げ場を封じられた私は、背筋に冷たい汗を感じる。

「ママ……その仕事だけど、私ちょっと体調がよくないからパスで」

「あらそうなの？　じゃあ今すぐママが治してあげる」

そう言うと母は私の肩に手を置き、掌《てのひら》からぽうっと淡い光を放った。

聖女たる母は他者に触れて祈るだけで、どんな怪我《けが》や病気も瞬時に治癒することができる。

母が持つこの能力のおかげで、私は病気知らずの健康優良児として育ってきたが――まさかこの能力に苦しめられる日が来るとは。

「はい。これで体調はバッチリね？　お仕事頑張ってらっしゃい！」

朝の眠気や気怠《けだる》さが吹き飛んで、本当に体調バッチリになってしまったのが実に恨めしい。

私が頭をフル回転させて次なる任務拒否の言い訳を探し求めていると、

「ほう……娘よ。新たな任務に発《た》つのか？」

巨大な白い犬っころが庭園の垣根を跨《また》いでのしのしと歩いてきた。

「いや、その、まだ行くと決まったわけじゃ……」

「ふ、やはり荒事には気が進まんか……。悪魔と聞けば問答無用で殺しに飛び回る、どこぞの野蛮な死神とは大違いだな」

「そうなのよ～。メリルちゃんったらすごく優しいのよ～。もっと褒めてあげて～」

仲が良いのか悪いのか分からない会話を繰り広げる母と白狼《はくろう》。

現在の白狼《こいつ》の立ち位置は非常に複雑である。

教会のスタンスはいかなるときも『悪魔討つべし』の一択であり、たとえ従属させようが子分にしようが、悪魔を飼うことなど教義上許されるものではない。

しかし、うちには誰も逆らえないほど強大な権限と名声を持つ聖女《はは》がいる。

そういうわけで今現在のこいつは『とても珍しい種類の犬』という強引にも程がある扱いで、各方面から全身全霊の見て見ぬフリをされている。

視察にやってきた教会の偉い人が「これは……犬、ですな……」と死人みたいな無表情で呟《つぶや》いていたのは記憶に新しい。

「でもねメリルちゃん。戦うのはあんまり気が乗らないかもしれないけど、依頼書だけでも読んでみてもらえないかしら？　きっと興味が湧くと思うのよ～」

そう言うと母は私の眼前に一枚の書類を広げてきた。

どんな依頼だろうと興味なんて湧くはずがない。教会から悪魔祓《ばら》いに下される仕事である以上、まず間違いなく悪魔との戦闘は避けられないのだ。先日の事件などは例外中の例外でしかない。

どんな内容だろうと断固拒否。と、思っていたのだが――

『『この任務の主担当にはメリル・クラインを推薦し、案内役としてユノ・アギウスを同行させるものとする』』

ちょうど私の目線の高さに、そんな一文があった。

案内役？　と私が疑問に首を傾《かし》げると、母がさっと書類の横から顔を出す。

「実はね～。今回のお仕事はとっても珍しいことに、悪魔祓いさんがもう一人同行してくれるのよ～」

「私以外に、もう一人……？」

「そうなのよ～。他の悪魔祓いさんと会う機会なんてなかなかないし、お友達になれるいいチャンスだと思うの～」

その瞬間、私は母の思惑を完全に理解した。

（ふふ～ん！　そっかそっか！　やっぱりママも私のことが心配なんだ！　悪魔祓いがもう一人っていうのは……つまり私の護衛役に決まってる！）

獅子《しし》は我が子を千尋《せんじん》の谷に突き落とすというが、よくよく考えたら母は慈悲深き聖女である。

獅子などというケダモノとは違うのだ。私に危害が及ばないよう、ちゃんと配慮してくれるに決まっている。

この前の事件のときもなんだかんだで電信に応じて（少し遅かったが）駆けつけてくれたわけだし。

それに――

私はちらと白狼に視線を向けた。

もし同行してくれる悪魔祓いが話の分かる人物なら、この怪物をいい感じに抹殺してくれるかもしれない。こいつを庭に迎えてからというもの、いつ寝首を掻《か》かれるか分かったものでなくて、一日に七時間くらいしか眠れないのだ。

いや、どうせならこの白狼の処分を頼むだけでなく、賄賂なんかを渡してより強めのコネを作っておきたい。私は大勢の悪魔に狙われているのだから、盾になってくれる人材はいくらいてもいい。金ならいくらでもある。

やがて私は――ちょっと勿体《もったい》ぶって、母の広げる依頼書を手に取った。

「う～ん、仕方ないなぁ。ママがそこまで言うなら、今回だけ引き受けてあげよっかな！」

その言葉に母は、にっこりと満面の笑みを見せた。

聖クライン駅は聖都でもっとも小規模な鉄道駅である。

立地はうちの実家の正門を出て、通りを挟んで徒歩十秒。

クラインという姓を冠した駅名からも分かるとおり、これは我が家のためだけに整備された駅である。聖女たる母が遠方への任務に赴く際は、基本的にここから出る特別列車で移動することとなっている。

（最近の母は「列車旅は飽きちゃった」とのことで、もっぱら自前の健脚で移動するのだが）

今回の私の任務はこの駅から始まる。

前回の任務の際は列車の準備が間に合わなかったが、今回からはいよいよ私専用の特別列車が手配される運びとなったのだ。

ちなみに前回なぜ準備が間に合わなかったのかというと——私も母のように自力で移動するものと思われていて、そもそも誰も列車を手配していなかったらしい。まったくふざけている。

「娘よ。駆け行く方が早いのではないか？」

駅のプラットホームで特別列車の到着を待っていると、私の隣でふざけた発言をしてくるやつがいた。

白狼である。

歩くだけで地響きを起こすような普段の体格ではなく、大型犬くらいのサイズに縮んでいる。

こいつを我が家の庭園から外に出すときは、周囲に配慮して正体を隠すよう、教会の偉い人から遠回しに要請されたのだ。

私は白狼の疑問に対し、用意していた答えを告げる。

「今回は同行者がいますから。置き去りにしてしまうわけにはいかないでしょう?」

「成る程。確かに、並の悪魔祓いでは貴様ら親子の早駆けにはついていけんだろうな」

ホームの手前でお座りしながら頷《うなず》く白狼。

喋《しゃべ》っていることを除けば、完全にただの犬っころである。

列車到着のタイミングで線路に蹴り落としてみたらどうなるだろうかと私は一瞬考えるが、たぶん悪魔がその程度で死ぬわけはあるまい。

「……というか狼《おおかみ》さん。そんなに簡単に小さくなれるのだったら、普段からその姿でいてくれませんか?」

「一日や二日なら構わんが、常にこの姿というのは窮屈だ。人間も着慣れぬ衣服を纏《まと》うのは疲れるだろう。それと似たようなものだ」

危うく舌打ちをつきそうになったが、すんでのところで堪えた。

犬なら犬らしく命令に従えばいいものを。

やはりこの後、案内役の悪魔祓いと合流したら速やかに始末を任せよう。

と、そんなことを私が考えていると。

「む？」

白狼が急に鼻を鋭くして、駅舎の方を振り向いた。

この駅は母と私専用の駅なので一般人は立ち入りが許されない。駅舎からホームに通じる門を開けるには、教会関係者のみが持つ専用の鍵が必要となる。

だというのに——駅舎から一人の子供が出てきた。

一四歳としては比較的小柄なメリルよりも、さらに一回りは背丈が低い少年だ。

おそらく、一一歳か一二歳といったところか。

(あれっ。もしかして私、鍵を閉め忘れてたっけ？)

たぶん閉じたような気がするが、駅舎の手前まで母が見送り（という名の監視）に来ていたので、緊張のあまり閉じ忘れていたかもしれない。

それにしても、いい根性をしたガキだ。

この聖クライン駅はうちの敷地みたいなものである。聖都でそのことを知らぬ者はいない。畏れ多くもそんな場所に不法侵入を試みるとは。

私や母に対する敬意がよほど足りないと見える。

ここはひとつ、このガキの今後のためにもキツく叱っておいてやらねば。

私は肩をいからせ、ずいずいと大股で少年に歩み寄る。

「ちょっと、そこのあなた」

ここは子供の遊び場じゃないんだぞ――そう詰めてやろうとしたとき、

「メリル・クライン様ですね」

少年は悪びれた様子もなく、私《わたし》の名を呼んできた。

なんともふてぶてしい。有名人に会えてラッキーとでも思っているのか。慌てて「ごめんなさい」と叫んで逃げだせばまだ可愛《かわい》げがあるというのに。

「そうですけど何か？　私のサインでも欲しいんですか？」

「いいえ。そのような物を所望できる立場ではないことは弁《わきま》えています」

む、と私は唇を曲げる。

意外と物分かりがいい。ここで欲しがってきたら「不法侵入者にあげるサインはありませ～ん」とイジめ――ではなく叱ってやるつもりだったのに。

いや待て。サインを要らないと言われるのもそれはそれで腹が立ってきた。

そこで突然、少年が私の前で跪《ひざまず》いて頭を垂れた。

「メリル・クライン様。このたびは本当に申し訳ありません。己の至らなさに恥じ入るばかりです」

「えっ？」

これから叱ろうと思っていたタイミングで急に謝罪されると、人間は得てして怒りの矛先を失うものである。ましてこんな子供が、まるで大人のように真摯な態度で謝ってくるのだから。

完全に出鼻を挫かれた私は、目線を泳がせながら頬を掻く。

「ま、まあ別に……分かればいいですけど？　私は聖女の娘ですから、この程度で怒ったりしません」

「本当にお許しいただけるのですか？」

「ええ、はい。そこまで大したことじゃないですし？」

ここまで慇懃《いんぎん》に謝罪されると、子供に大げさな謝罪を強要しているようで、かえってこっちが気まずい。

駅に立ち入った程度で怒るというのも、よく考えたらちょっと大人気なかったかもしれない。

相手は子供だ。寛大な心で許してやろう。

少年はゆっくり立ち上がると、私に向かって恭《うやうや》しく一礼した。

「ありがとうございます、メリル・クライン様」

「はいはい。もういいですから」

「どうかその御力にて――此度《こたび》こそ、あの邪悪な悪魔を討ち滅ぼしください」

少年の口から予想だにしていなかった台詞《せりふ》が出てきて、私は完全に息を止める。

「へ。悪魔……？」

「申し遅れました。今回の案内役を務めさせていただくユノ・アギウスと申します」

「……は？」

ユノ・アギウスといえば、同行する予定の悪魔祓いの名前がそんなだったような。

こんな子供が？

いや待て。たとえ子供だろうが、実力があればそれでいいのだ。私の代わりに悪魔を倒してくれるなら誰だろうと――

「先日、僕が【雨の大蛇】の討伐に失敗してしまったため、こうしてメリル・クライン様にご足労いただくことになってしまいました。後始末を任せる形となってしまい、改めて申し訳ありません」

少年――改めユノ・アギウスはまたしても慇懃に頭を下げた。

その後頭部を睨《にら》みつけるように見下ろした私は、
てめえこのガキふざけんな絶対許さねぇからな。

無言のまま、心の中でそうキレた。

最悪の気分だった。

頼もしい護衛役《ナイト》が派遣されてくるものと信じていたのに、蓋を開ければチビの小僧が一匹。子供でも腕が立つなら構わないが、前回挑んで討伐に失敗したというのだから、実力にもまるで期待はできない。

(考えろ私！　ここからどうにか任務放棄できる方法を……！)

目を血走らせて、私は脳をフル稼働させる。

特別列車の車内は、さしずめ高級ホテルの一室といった感じである。天井にはシャンデリア、革張りのソファにアンティーク・ウッドのテーブル、さらにピアノやバーカウンターまで備えられている。

私がソファで思案に耽《ふけ》る一方、悪魔祓いの少年――ユノはといえば、

「本当にメリル・クライン様は『珍しい犬』を飼っているのですね」

車両の隅で正座をしながら、じぃっと白狼の方を見つめている。露骨なほどに警戒の色を滲《にじ》ませて。

「ふん、白々しい。貴様も悪魔祓いなら、我がただの犬などではないと分かるだろう」

白狼はそんな警戒にも余裕の表情である。

「いいえ。メリル・クライン様が悪魔などを飼っているわけがありません。なのであなたは犬

に違いありません。とても珍しい喋る犬です」

「ククク……そのように杓子定規《しやくしじようぎ》の思考しかできぬようでは、あの娘の足元にも及ばんぞ。せいぜい学ぶことだな、未熟な悪魔祓いよ」

「わざわざ言われずとも、自分が未熟なことは承知しています」

あまり穏やかな雰囲気とはいえないが、今すぐ荒事に発展しそうなほどではない。放っておいて構わないだろう。

この時点で私は、ユノというこの少年に白狼の始末を任せることを諦めていた。

白狼は傭兵《ようへい》集団を一瞬で片付けられる程度には強力な悪魔だ。任務もろくにこなせない三流お子様悪魔祓いに対処できる相手ではない。

ふうとため息をついて、私は改めて依頼書を開いた。

同行の悪魔祓いに丸投げするつもりでほとんど目を通していなかったが、こうなってしまっては読むしかあるまい。

そして白狼の事件のときのように、なんとか粗探しをして戦いを先延ばししまくるのだ。

依頼書によると、事件の顛末《てんまつ》は以下のとおり。

悪魔による被害が発生したのはシラート領ペグ村。

山間部に位置する小規模な村でありながら、豊かな穀倉地として知られる土地である。

およそ半年前、この地を治めるシラート家の領主から教会にこんな陳情が寄せられた。

『わが領内のペグ村において、一年間にわたって雨が降り続いている』

ペグ村は麦などの栽培に適した乾燥気候で、決して多雨地帯ではない。

そんな地域で一年間も、しかも一日たりともやむことなく雨が降り続けるというのは、通常では考えられない事態だった。

陳情を受けた教会は「悪魔が関与している可能性が高い」と判断し、悪魔祓いユノ・アギウスをペグ村に派遣した。

ユノ・アギウスは現地にて大蛇の姿をした悪魔（識別名【雨の大蛇】）を発見。のち討伐。

大蛇の討伐と同時にペグ村の雨が降りやんだため、事件は一旦の終息を迎えた。

復興のために村人たちの多くが帰郷。建物や田畑などの再建作業が開始される。

しかし、復興の最中にあったペグ村に異変が発生する。

複数の村人が相次いで【雨の大蛇】の棲家《すみか》だった滝壺に投身自殺をしたのだ。自殺直前の彼らはいずれも憔悴《しょうすい》しきった様子で、まるで何かに取り憑《つ》かれたようだったという。

そうして身投げの犠牲者が十人に達したころ、再び長い雨が村に降り始めた。

この雨は今もなおまったくやむ気配を見せず、一ヶ月以上も降り続いている――……

「娘よ。何か腑《ふ》に落ちぬことがあるようだな」

「へっ」

私が依頼書の事件顛末を読み終えたあたりで、白狼がぴょこんと足元に近寄ってきた。どこか楽しんでいるような表情で。

「ずいぶんと小難しい顔で依頼書を読んでいたぞ。貴様がそこまで考え込むということは、この事件——元凶の悪魔を殺して終わりという単純なものではないのだな？」

逆である。

悪魔を殺して終わりの単純な事件にしか見えないから、どうやって先延ばしの言い訳をしたものか悩んでいたのだ。

なんせ顛末をどう解釈しても『討ち損ねた大蛇の悪魔が村人の命を喰《く》らって力を取り戻し、再び村に災いをもたらしている真っ最中』という結論しか出てこない。

そもそも一年もやまない雨を降らせるなんて、悪魔の仕業でしかあり得ない。

ドゥゼルのときのような書類上のでっち上げとは話が違う。悪魔の仕業でしかあり得ない雨が村に被害をもたらしているのだから、処刑執行に物言いをつけるのが難しすぎる。

「そ、そうですね……。まあ……」

しかし私は曖昧にお茶を濁した。「悪魔が悪い」と断言してしまえば、私が矢面に立って戦うことになってしまう。一度討伐に失敗しているユノとかいう無能もアテにはできない。

「本当ですか、メリル・クライン様」

と、白狼に続いてユノもメリルの近くに寄ってきて跪いた。

「どうかご見解をお聞かせ願いたく思います。事件を解決するには、悪魔の討伐だけでは不十分なのでしょうか？」

「まっ、まずは『悪魔を殺す』というのを大前提にするのをやめましょう？　固定観念を捨ててフラットかつナチュラルに状況を見ることが事件解決の第一歩です」

私が適当にそう言うと、ユノは少しだけ表情の険を深めた。

「畏れながらメリル・クライン様。神の教えでは、すべての悪魔は例外なく討ち滅ぼすべきと学びました。『悪魔を殺さない』という選択肢は教義上あってはならないのでは？」

「小僧。その理論だと我はどうなる」

「……ですから、あなたは犬なのです。メリル・クライン様ほどの御方が悪魔を連れているわけがありませんから」

「ほう、ならばペグ村とやらにいるのも『ただの蛇』かもしれんな」

わりと口が回るなこの犬。

白狼とユノは静かに睨みあっていた――が、やがて同時に私を振り向いた。

「考えを聞かせてやれ、娘よ」

「見解をお聞かせください、メリル・クライン様」

私はどっと汗をかく。

考えも何も、まだ何も言い訳なんて思いついていない。

私は平静を装いながら、とりあえずの時間稼ぎに指を立てる。

「焦ってはいけません。結論を出すにはまだ情報不足ですから――まずはユノ君。あなたが最初に討伐に向かったときの顚末を、詳しく聞かせていただけますか？」

はい、とユノが素早く頷いた。

「報告書にもありますとおり、僕がペグ村に向かったのは半年前のことです。当時の村は一年もの長雨に晒《さら》されて、ほぼ壊滅状態となっていました」

私に促されたユノは、恭《うやうや》しく語り出した。

「村に到着してすぐ悪魔の居所は分かりました。山奥の方から悪魔の気配が色濃く感じられたのです。至急、討伐に向かおうとしたのですが、山道に入る手前で村の老人に呼び止められました」

ユノ曰《いわ》く、村にはまだ少数の住人が残っていたという。

その多くは、滅びゆく故郷と命運をともにする覚悟の老人たちだったという。

「その老人は言いました。『この先の滝壺には恐ろしい悪魔が棲んでいる。子供が一人で立ち入るべきじゃあない』と」

「うんうん、それから？」

「きちんと説明しました。『僕は教会から派遣されてきた悪魔祓いです』と。しかし老人はまったく信じてくれませんでした」

そりゃあそうでしょうね、と私は思う。

悪魔祓いといえば教会の誇る最高戦力。歴戦の猛者《もさ》たちである。こんな年端もいかない少年が悪魔祓いを自称したところで、子供のごっこ遊びとしか思われないだろう。

「僕のことを心配してくださったその老人は、半鐘を鳴らして村に残った他の老人たちを呼び集めました。その場で『どこの子か知らんか』『誰かの孫か』『早く家に帰してやらにゃあ』などと相談が始まったのですが、ここで僕は——彼らを言葉で説得するのは困難だと判断しました」

「で、どうしたんですか?」

「撒《ま》きました」

「撒いた」

私は半ば呆《あき》れ、オウム返しに呟く。

「彼らはいずれも体力の衰えた老人。しかも長雨によって山道はあちこちが崩落し、とても常人が踏み入れる状態ではなくなっていました。この状態でなら彼らが僕を追ってくることは不可能と考え、制止を振り切って山道に駆け込んだのです」

「その先に悪魔がいたのだな?」

会話に入ってきたのは白狼だ。

ユノは「はい」と首肯して続ける。

「悪魔の気配を辿《たど》って山奥へ進むと滝壺が見えました。そして、悪魔も僕の接近に気が付いたのでしょう。濁流の渦巻く滝壺の底から、一匹の大蛇がゆっくりとその頭を覗《のぞ》かせてきたのです」

私はその光景を想像して一つ問う。

「ところで大蛇って、どのくらいの大きさだったんですか？　大人の背丈くらいの大きさですか？」

「この列車の全長と同じくらいの大きさだったと思います」

危うく私は噴き出しかけた。

この特別列車は六両編成である。（機関車・乗務員車・資材車・食堂車・客車・寝台車）

本来の大きさになった白狼でさえ、車両一両分にも及ばないサイズだ。あの巨体の六倍以上と考えると眩暈《めまい》がしてくる。

そんな大きさの怪物が鎌首をもたげて滝壺から姿を現すところを想像すると――あまりにおぞましくて寒気が止まらなかった。

いやちょっと待て。

討伐に失敗したとはいえ、そこまで巨大な怪物と真正面から戦ったのだから、実はこのガキはなかなか強いのではないか？

　もちろん母の足元にも及ばないだろうが、もしかすると最低限の護衛としてくらいは使えるのかもしれない。

「討伐対象を確認したので、僕は戦闘態勢に入りました」

「うんうん」

　私は期待に前のめる。

　大蛇をボコボコに叩《たた》きのめして、相手の方が尻尾を巻いて逃げたという感じの戦闘内容なら、盾役として評価を改めてやらんでもない。

「――以上です」

「は？」

　前のめっていた姿勢から私は上体を崩す。

「以上、って。その先は？　戦ったんでしょう？」

「申し訳ありません。その先は記憶がなく、詳細な報告には適さないかと思います」

「記憶がない？　何かしらの幻惑を受けたということか？」

　訝《いぶか》る白狼にユノは首を振る。

「それは単に僕の未熟さゆえのことです。戦闘のため力を解放すると、僕は理性を失ってしまうのです」

「……理性を？　失う？」

「はい。一人で任務に赴いたのもそれが理由です。周囲に誰かを帯同すると、戦闘時に巻き込んでしまう可能性が非常に高いですから」

私は青ざめてユノから若干距離を取った。

「……で、でも。討伐成功と報告したということは、ほんの少しは記憶があるんですよね？」

「いいえ。正気を取り戻したとき、周囲に大蛇の肉片や、切り落とした頭部が転がっていたのです。それに、僕の全身も返り血で真っ赤に染まっていました。そうした状況と、直後に雨がやんだということも鑑みて、討伐成功と判断した次第です。早計に判断を下してしまったことを、今では恥じるばかりですが」


このガキ、怖い。


護衛だなんてとんでもない。悪魔と同じくらいの危険物だ。

「なので僕は此度の任務において、案内役に徹するよう教会から厳命されています。『決して力は解放するな』と。僕ごときが理性を失って暴れては、メリル・クライン様の邪魔をしてしまうだけですから」

「え、ええ！　そうですね！　絶対に何があっても戦わないように！」

白狼と大蛇の悪魔のことだけで手一杯だったのに、ストレス源が一つ増えてしまった。というか教会、こんなやつを悪魔祓いに任命するな。実力以外にも人柄とか品格とか安全性とかを重視しろ。こんなガバガバな人材登用をしてたらいつか誰かが不祥事起こすぞ。

ひとしきり内心で愚痴った私は、ぱしりと自分の両頬を叩く。

文句を言っても始まらない。もう私には一つの道しか残されていないのだ。徹底的に事件の揚げ足取りをして、戦いを先延ばしにするという。

「――たとえば、たとえばです。ユノ君が実は討伐に成功していて、その後に起きた事件はすべて偶然という可能性はないでしょうか」

私は指を立てて話し始める。

「その後に起きた事件というと……村人たちの投身自殺と、現在も降り続いている雨のことでしょうか」

「はい。一年も続く長雨はどこからどう見ても異常ですが、今現在続いている雨はまだ一ヶ月程度なのでしょう？　もしかするとなんかこう……珍しい気象現象とかの可能性も捨てきれません」

そこでぱちんと私は手を叩く。

「ほら、なんせこの地では一年も雨が降り続いていたわけです。もちろん自然のバランスも崩れているでしょうから、その後にちょっと異常気象が起きても不思議じゃありません」

「成る程。しかしメリル・クライン様、村人たちの集団自殺はやはり悪魔の仕業としか思えないのですが」

「そ、そうやって何でも悪魔の仕業にするのは感心できません」

実際、私も「悪魔の棲家《すみか》に村人が相次いで身投げするなんて、完全に祟《たた》りとか呪いの類でしょ」と思っていたが、そんな本音を語っては討伐ルート一直線だ。

なので、冷や汗をびっしりとかきながら、私はこう主張する。

「なんかこう……村人の皆さんも、いろいろ悩んでたんじゃないでしょうか……？」

白狼とユノは完全にぽかんとしていた。

私も気まずさに目を閉じる。なんというか、あまりにフワッとしすぎていた。

「だ、だって！　一年も長雨が続いて村は壊滅寸前だったのでしょう!?　なら、経済的に困窮して追い詰められていた可能性も高いと思うんです！」

これではまずいと思って、慌てて言い訳を追加。

自殺が呪いでも祟りでもないなら、自発的に村人たちが死を選んだ動機がどこかに存在するはずだ。

それが事実か否かはぶっちゃけどうでもいい。

呪いでも祟りでもない可能性を提示できるだけで、先延ばしの大義になる。

「悪魔のせいだと結論を出すにはまだ早いです！　次は村の現状を見て、そこに自殺の動機が潜んでいないか調査してみましょう！」


「なにこれ」

あまりにも異様な光景に、思わず私は呟いた。

一年もの長雨によって壊滅寸前にまで追い込まれたというペグ村。そこには今――

――聖女《はは》の像が乱立しまくっていた。

広場に。道端に。民家の前に。その数はぱっと見ただけでも数十体は下らない。

しかも複数の石工たちが鑿《のみ》と鎚《かなづち》を振るって、今もなお像の量産を続けている。

「不愉快な光景だ」

苦々しげな口調で感想を述べたのは白狼である。

悪魔にとって母は死神と呼ばれるほどの存在らしいから、この光景に拒否感を催すのはまあ納得できる。

私たちは今、馬車に乗ってペグ村の中を進んでいた。

ペグ村にまで鉄道が通じていないため、最寄りの都市で馬車に乗り継いだのだ。

村には今も雨が降り続いており、ぬかるんだ土に車輪を取られて馬車の進みは鈍い。石像の作業をしている者たちも、雨避《よ》けの天幕を張った下で鑿を振るっている。

ユノは馬車の中でも相変わらず正座したまま、案内役らしく村の状況を解説する。

「この地を治めるシラート家の現当主は、若き日を聖都の神学校で過ごしたとのことで、非常に信仰心が篤《あつ》いのです。数年前に領主の座を継いでからは、領内での教会活動を積極的に支援してくださっています」

「だからママの像がこんなに……？」

「はい。聖女様の似姿は悪魔を寄せ付けぬ破邪の力があるといいます。こうして像を増やすことで、悪魔の被害を抑制しようとしているのでしょう」

そうなの？と私は白狼に視線をやる。

白狼はふんと鼻を鳴らして、

「像ごときにそんな力はない。だが、多くの悪魔に対して警告のメッセージにはなる。『この地に手を出せば、死神が報復に訪れる』とな」

つまり結界のような作用はないが、害獣除《よ》けに似た効果は期待できると。

しかし——

私は馬車の天井を仰ぐ。天井越しに聞こえる雨音がやむ気配はない。

「……ということはですよ？　こんなにママの像があっても雨が降り続いてるんですから、今この雨はやっぱり悪魔の仕業ではないんじゃないですか？」

「そうともいえません。強力な悪魔には、聖女様像の加護が及ばないこともあります。実際この村には以前から複数の聖女様像があったのですが、【雨の大蛇】の被害を防ぐことはできませんでした」

「ああ。プライドの高い悪魔に対しては、むしろ挑発になることもあるな」

ユノの意見をさらに白狼が補足。

そこで私は白狼の言った『挑発』という言葉が気になって、事件資料を荷物から引っ張り出した。ドゥゼルのでっち上げのときと違って、今回は詳細な資料が山のように準備されている。

最初の長雨が降り始める直前、何があったか。

過去の村の行事表に記されていたのは――『聖女様像、除幕式』

「うっ……」

嫌な予感が的中してしまった。

村の中に初めて母の像が建てられた数日後、のちに一年も続く最初の長雨が降り始めている。

(絶対これママの像が逆効果になってるじゃん……)

おそらく【雨の大蛇】は、自分の棲家《すみか》の近くに聖女像が建てられたことにブチ切れ、村を雨で覆い尽くすという蛮行に出たのだ。

私は「余計なことしやがって」と思いながら頭を掻きむしる。あんな脳筋な母など、まったく信仰に値しないというのに。

だが——原因が分かれば対策を練ることができる。

今、一つだけ案が浮かんだ。

私たちを乗せた馬車はやがて、村の寄合所に到着した。

御者を務めていた教会の帯同員に傘を持たせ、私は寄合所の扉を叩く。

「失礼します。教会よりやってきましたメリル・クラインです。どなたか」

凄《すさ》まじい速さで寄合所の扉が開いた。

そして開いた扉の向こうには、両膝をついて天を仰いでいる、上等な身なりの男性がいた。

「——おお！　おお！　まさかこのような……聖女様の御子《みこ》様を眼前に拝める日が来ようとは！　この私グラフ・シラートめは感涙に打ち震えるばかりでございます！」

天を仰ぎすぎてのけぞった姿勢で、滂沱《ぼうだ》の涙を流している髭《ひげ》の中年。

一瞬ヤバい不審者かと思ったが、彼が名乗った姓には覚えがあった。

「あの。もしかしてシラートさんって、領主の方ですか？　とても信仰心の篤いという……」

「おお！　なんと神聖にして偉大なるメリル・クライン様に我が家名を呼んでいただけると

は！　私はこの日を一生忘れますまい……！」

私はぱちんと指を弾《はじ》いた。

渡りに船とはまさにこのことだ。

「ちょうどよかったです、シラートさん。この村にある聖女の像なんですけど、今から全部ぶち壊してもらっていいですか？」


先にも増して異様な光景だった。

村中の聖女像が広場に集められ、立錐《りっすい》の余地もないくらいにひしめいている。いずれの像も女神のごとく神々しいポーズを取っているが、母があんな仰々しい格好をしているところなど見たことがない。

ソファでくつろぎながらお菓子を食べているポーズの方がふさわしいと思う。

「これは……これは私の信仰に対する試練ということなのですね……」

己が身を抱いて震えながら私に問いかけてくるシラート氏。その顔は完全に血の気を失っている。

「偶像を失ってなお、麗しき聖女様の姿を眼前に思い浮かべることができるか――そういった試練とお見受けしました！　ならばこの胸が張り裂けようと、苦難を乗り越えてみせましょうとも！」

「あ、はい、そういう感じで」

青ざめた顔で暑苦しい台詞を叫ぶシラート氏を置き去り、私は集められた石像群の前に立つ。

石工や村人たちが総動員で集めてくれたのだが、彼らが手伝ってくれるのはここまでだ。

聖女の絵画や彫刻などを破壊する行為は、場合によっては教会に対しての不敬罪となることがある。それに、いくら娘の私が無罪放免の保証を与えても、心情的に聖女の像にハンマーを振り下ろすのはきついだろう。

だからといって、か弱く非力な美少女の私が一人でこの像を全部壊すというのは、体力的にキツすぎるので――

「やはり実の母親の像を壊すのは気が進まんか。いいだろう、我に任せよ」

この場で唯一、聖女像を壊すことに対して一切の躊躇《ちゅうちょ》を持たない白狼に仕事を任せることにした。

「しかし、我が人前で力を振るってもいいのか？」

「まあ……とりあえずサイズはそのままで、神の御遣《みつか》いの聖獣とか説明すれば大丈夫だと思います」

「ククク、聖獣か。我もずいぶん立派になったものだな」

互いに小声で打ち合わせる。

悪魔《こいつ》の暴れる姿を聖都のご近所さんに目撃されたら世間体上さすがにマズいが、今後私がこんなド田舎に来ることなど二度とあるまいから、適当に誤魔化せばそれで問題ないだろう。

「じゃあ、お願いします」

「うむ」

一度頷くと、白狼の姿が掻き消えた。

そして次の瞬間には、何体もの聖女像が微塵《みじん》切りになって崩れ落ちた。白い影が高速で像の間を駆け抜けるたび、次々と母の像が石礫《せきれき》の山と化していく。

（ああ。これは言い訳するまでもないわ……）

たぶん今、『白狼が聖女像を壊している』と認識できている者は誰もいない。あまりに速すぎるのだ。何の前触れもなくいきなり聖女像がガラガラと崩れ始めたことに、村人たちは理解が追いつかず動転している。

唯一の例外はユノで、冷静に目を動かして白狼の姿を追っていた。ぎょろぎょろと動く目が少し不気味だった。

「終わりだ」

たった十秒程度で、白狼は私の足元に戻ってくる。

ただでさえ雨で視界が悪い中、この十秒の白狼の不在に気づいた者は皆無だろう。

なお、信仰心の塊であるシラート氏には精神的ショックが強すぎたようで、地面に頭から倒れ伏していた。村人たちが慌てて助け起こして介抱している。

「あのう。メリル様。俺らの作った像に何か問題があったでしょうか？」

そこで私に話しかけてくる者がいた。像を作っていた石工たちだ。

屈強な男衆に私はちょっとビビるが、彼らは揃《そろ》って青い顔をしていた。

「何か至らぬ点がありましたなら、誠心誠意作り直させていただきますが……」

「あっ、いえいえ。そうではなく」

ぶんぶんと手を振って私は否定した。

そういうことか。彼らからしたら、私が気に入らないから聖女像をぶっ壊したようにしか見えまい。不安にもなろうというものだ。

「ここにいる悪魔はとても強く、うちの母のことも恐れないみたいですから。像があることで凶暴化してしまうかもしれないんです。なので皆さんの安全を考慮して、申し訳ありませんが破壊させていただきました」

シラート氏は何かよく分からない解釈をしていたが、こちらの石工たちにはしっかりと理由を話してやる。作ったものを壊されたのだから、雑な理由だと納得できないだろう。

が、石工たちはさらに顔を青くした。ほとんど血の気をなくすほどに。

「聖女様をも恐れない悪魔……？　そ、そんなにこの村の悪魔ってヤバいやつだったんですかい？　てっきり雨を降らせるだけの大したことねぇ悪魔かと……」

「え？　【雨の大蛇】のことを知らないいんですか？」

「俺らは手配されてこの村に来ただけなんで、そのへんはさっぱり……」

それから石工の男衆はざわざわと何事か相談し始め、改めてこちらに向き直る。

「像があると逆効果ってことなら、俺らは撤収させてもらってもいいですかね……？」

ぺこぺこと頭を下げて懇願する石工たち。

「んー……いいんじゃないですか？」

気絶しているシラート氏に代わって、私は適当に頷いておく。どうせもう仕事もなくなったのだ。わざわざ居残らせる理由もあるまい。

「おしっ！　お前ら！　帰るぞ！」

許可を得るなり、彼らは一目散に馬小屋の方へと駆けて行った。ろくに荷物すら持たず、ほとんど逃げ惑うように。

はっきりいって羨ましかった。

私もあんな風に逃げ帰りたい。

「あらまぁ。石工さんたち、帰っちゃったの……」

近くにいた老婆が、遠ざかっていく彼らの背を見ながら残念そうに呟く。

ずいぶん呑気《のんき》な反応だ。事情を知れば逃げて当たり前だろうに。

「お婆さんは怖くないんですか？」

「もう慣れてしまいましてねぇ」

少しだけ悲しそうに老婆が答える。

こんな異常事態に慣れてしまうなんて、田舎者の神経はどうなっているのだ。

「……そういえば、ちょっと気になってたことがあるんですけどいいですか？」

そこで思い出した。報告書を流し読んだとき、村人たちの行動で微妙に釈然としない点があったのだ。

「はい。どのような？」

「最初の長雨のとき、なんでもっと早く被害を訴えなかったんですか？」

このペグ村では一年間も雨が降り続き、それから領主が教会に悪魔被害を訴えてきた。

はっきりいって、あまりに遅い対応だ。

この村は重要な領地の財源だそうだから、領主のシラート氏は村から異常事態の報告を受ければすぐに動いたはずである。それがここまで遅い対応となったのは、そもそも村からの被害報告が十分でなかったためだろう。

「そうですねぇ。なにぶん平和な田舎でしたから。雨が多くて心配はしていたのですけど、まさか悪魔の仕業などとは誰も思いませんで」

「でも『雨を降らせる大蛇の悪魔が滝壺に棲んでいる』と伝えられていたんでしょう？」

私が問うと、老婆は一瞬だけ奇妙な間を挟んだ。

「皆、ただの他愛無い昔話かと思っておりました。今までこんなに雨が降り続いたことなど一度もありませんでしたから」

確かに言われてみれば、この村は有名な穀倉地である。洪水を起こすような悪魔が本当にいるなんて夢にも思わないだろう。

だが、それでも一年放置というのはあまりに不自然だ。その間に村は壊滅寸前にまで追い込まれていたというのに。

「じゃあ、いつごろになって悪魔の仕業と気づいたんですか？」

「情けないのですが、私どもは最後まで気づきませんでした。村の視察にいらっしゃった領主様が、大慌てで『これは悪魔の仕業だ！』と指摘されまして——そこで我々も、大蛇の昔話を思い出したのです」

つまり村人たちは最後まで被害報告をせず、領主の視察で初めて村の惨状が判明したと。

どうも無理のある説明に私が首を傾げていると、

「……申し訳ございません。そろそろ炊き出しの支度をしたいので、お暇《いとま》させていただきますね」

「あっ、はい。変な話をしちゃってすいません」

老婆は丁寧にお辞儀をして、その場を去っていった。

他の村人たちも、今度は石像の瓦礫《がれき》を処理すべくせっせと動き始める。何台もの荷車に瓦礫を載せ、協力して村外れへと運んでいく。ついでに気絶したままのシラート氏も担架で寄合所に運ばれていく。

それから私は空を見上げた。

とりあえず母の像はすべて破壊した。【雨の大蛇】を怒らせる原因は取り除いた。

果たして、これで雨はどうなるか。

頼む。やんでくれ。神様。お願いします。

真っ黒な雨雲を見上げて私は懸命に祈る。そこから差し込んでくる一筋の光を信じて。

しかし——

「やまんな」

空気を読まない白狼が、私の足元で静かに声を発した。

実際そのとおりだった。雨足は一向に衰える気配がなく、傘に弾ける雨音はうるさいままだ。

やはり、母の像を壊したからといって、そう簡単に怒りを収めてくれはしないか。

挫《くじ》けそうになる私だが、だからといって諦めるわけにはいかない。

なんとかして、戦闘回避のための次なる一手を捻《ひね》り出さねば。

私が考えていると、ユノが歩み寄ってきた。そのまま膝が泥に塗《まみ》れるのも厭《いと》わず、私の前に膝をついて、

「どうか意見を奏上することをお許しくださいメリル・クライン様。やはり【雨の大蛇】を今すぐ討伐すべきではないでしょうか。先刻からずっと――今も、滝壺の方角から強い悪魔の気配が感じられます。あの悪魔が生きているのは明白です」

うげっ、と私は内心で舌を出した。

私は悪魔の気配などちっとも分からないから、全然気づいていなかった。ユノは既にそこまで状況把握していたのか。

『ユノの討伐が成功していて【雨の大蛇】はもう死んでおり、今現在の雨はただの偶然』という言い訳ルートは、これで完全に塞がれてしまった。

「ふん、小僧め。この娘がその程度のことを分かっていないと思うか？」

と、急に白狼が呆れたような嘲笑を漏らした。

なんだこいつ。

嫌味か？

分かっていないに決まってるだろうがバーカ。

「どういう意味ですか」

挑発的な白狼の態度に、ユノも視線を険しくする。

「待っていろ」

すると白狼は広場の隅っこに駆けていき、池のように大きな水溜《みずた》まりに口を突っ込んで何かを咥《くわ》え、すぐ舞い戻ってきた。

玩具にできそうなボールとかを見つけたのだろうか――……と考えた私は、戻ってきた白狼の口を見て「ぎゃっ」と軽い悲鳴を上げた。

蛇だった。

大蛇ではない。ごく常識的なサイズの蛇が、白狼の口に咥えられてぐにゃぐにゃと悶《もだ》え暴れていた。

「どうだ小僧。ここまで間近で見れば分かるか？」

「この蛇がなんだと――」

そう言って蛇を覗き込んだユノは、いきなり背後に飛びのいて目つきを鋭くした。

「なぜその蛇から【雨の大蛇】と同じ気配が」

「我も気づいたのはつい先程だ。馬車の中では気づかなかったが、こうして雨に濡《ぬ》れてみてようやく分かった――降り続けるこの雨そのものがうっすら『蛇臭い』とな」

「……雨そのものが？」

「ああ。つまり【雨の大蛇】の正体は、降りしきる雨水そのものだということだ。雨水の集う滝壺や、水の溜まる場所では蛇としての姿を現す。しかしそれは【雨の大蛇】という雨水の集合存在からすれば、全体のごく一部でしかない」

白狼が咥えた蛇を吐き出すと、蛇はしばらく地面をのたうち回ったが、やがて降りしきる雨水に溶けるように消えていった。

「もう一度聞くぞ小僧。滝壺に向かってどうするつもりだ？　滝壺の大蛇を何度倒したところで【雨の大蛇】の総体にとっては掠《す》り傷にもならんぞ」

もし力ずくでやるというなら、と白狼は前置き。

「この雨雲の圏内全域を覆い尽くすほど巨大な結界を張り、水一滴の逃げ場も与えず浄化し尽くすしかない。だがそんな規模の奇蹟《きせき》を起こせるのは、我の知る限りこの世に二人しかいない」

「聖女様と、メリル・クライン様……ですか」

「そのとおりだ」

勝手に私の名を挙げるな。

できるわけないだろそんなの。舐《な》めんなバーカ。

「我ですら気づいたのだ。この娘も既に【雨の大蛇】の正体には気づいているはず。それでも結界による大規模浄化を決行していないのは、事態を収束させる策が他にあるから――そうだろう？」

「そうなのですか、メリル・クライン様？」

馬鹿二人が熱い視線をこちらに寄越してくる。

「え、ええっと……」

困った。

母の像を壊した時点で策など打ち止めである。というかユノも白狼も、情報は逐一共有して欲しい。

特に白狼。まさか【雨の大蛇】の正体がもう分かっていたなんて。

特別列車と同じくらいの大蛇すら総体のごく一部でしかない、超巨大規模の悪魔。そんなもの私に対応できるわけがない。

こうなればもはや、今すぐ母を呼んでバトンタッチを懇願する以外に、この雨を止める策なんてあるわけ――

「……あれ」

そこで、私はふと自分の口元に手を当てた。

違和感。

【雨の大蛇】にとって、滝壺の大蛇がほんの末端にしか過ぎないのなら――なぜ。

「どうしてユノ君が最初に滝壺の大蛇を討伐したとき、しばらく雨は降りやんだのでしょう？」

私の疑問に対し、白狼は興味深げに唸《うな》った。

「……成る程。言われてみれば確かに不可解だ。教会を恐れて死んだフリをしたのかもしれんが、だとすれば何故《なぜ》また雨を降らせ始めた？」

一方、ユノはあまり不可解と思わなかったようで、

「悪魔といえど、たかが蛇にそのような知能がありますか？　一時的に怯《おび》えたから死んだフリをして、しばらくして忘れたから雨を降らせ始めたのでは？」

「侮るなよ小僧。強い力を持つ悪魔は、相応に高い知恵も併せ持っている。これだけの規模の悪魔である以上、人間に劣らぬ知性を持っていると考えるべきだ」

「さきほど貴方《あなた》が咥えていた蛇は、人間のように賢そうには見えませんでしたが」

「あれは【雨の大蛇】の末端も末端。貴様ら人間でいう爪や毛のようなものだ。爪や毛が勝手に物を考えはせんだろう」

白狼とユノが言い争うのを聞きながら、私は自分の眉間を指でつまんだ。

滝壺の大蛇が死んだところで【雨の大蛇】本体に大した痛手はないはず。ならば一時的に雨をやませる必要もなかった。それに――

「村人たちの投身自殺は、本当に呪いだったんでしょうか？　【雨の大蛇】がそんな回りくどいことをする必要など、そもそもなかったのでは？」

これまで私は、相次いだ村人の自殺について『弱った【雨の大蛇】が力を取り戻すため、住民を呪って生贄《いけにえ》を求めたもの』と解釈していた。教会だってそうだろう。

しかし前提として【雨の大蛇】が弱っていなかったなら、そもそも住民を呪って餌食にする必要などない。変わらず雨を降らせ続けるだけで自然と村を崩壊させることができたろう。

と、そこでユノが私に向けて言葉を発した。

「ですが――畏れながら申し上げますと、僕が彼らと会ったときは、とても自殺するような精神状態とは見受けられませんでした。やはり呪いの影響があったのではないでしょうか」

「えっ」

意外な言葉に私は当惑する。

「犠牲者の方に会ったことがあるんですか？　いつ？」

「僕が最初の討伐で村を訪れたとき、山に入るのを止めてきた老人たちです。自殺者の似顔絵を確認したところ、全員があのとき見た顔でした」

「その人たちは当時、自殺しそうな様子ではなかったと？」

「はい。僕のことを心配してくれましたが、特に悲壮感などは感じられず、報告書にあったような『取り憑かれたように憔悴した様子』ではありませんでした」

「いえ！　待ってください！　それは絶対おかしいです！」

呪いがあるとかないとか、そういう話以前の問題だ。

「そのとき彼らは『雨で滅びゆく生まれ故郷と心中するつもり』で村に残っていたんですよ？　悲壮感に満ち溢れてしかるべきでしょう？」

びしりと私が指摘すると、ユノはしばし考えこんでから「そう仰《おつしや》られると、そのように思います」と頷いた。

つくづく鈍いガキである。悪魔祓いの技術を学ぶ前に、まずは人間として当たり前の感覚を身に付けた方がいいと思う。

雨の降りしきる広場に立ちながら、私は考える。

——本当に老人たちは呪いで自殺したのか？

——それは【雨の大蛇】が一時的に雨をやませたことと関係があるのか？

——なぜ村人たちは一年もの間、被害を訴えなかったのか？

いいや、そんなことは些事《さじ》も些事。

一番大事なことはただ一つ。

——どうすれば私が戦わないで済むか？

傘に弾ける雨音がいつまでも続く。

真相なんてどうでもいい。私が戦わないための理由付けが最重要だ。この世のすべてが滅びようが、私さえ生き残ればそれでいいのだ。

やがて私は、一つのアイデアに辿り着いた。

「お待たせしました。狼さん、ユノ君」

そして勿体ぶって、大物っぽく不敵な笑みを浮かべてみる。

「これから私が、この村にかけられた呪いを解いてみせましょう」

❀

「これで全員ですね？」

寄合所に集めたのはシラート氏やその従者、馬車の御者を務めていた教会の随行員など――ペグ村に滞在していた、村人以外の者たちである。

全員合わせても十人に満たない。

石工たちが逃げ帰ってくれたおかげで、呼び集める手間がずいぶん省けた。

「みなさん。これから私は、村人たちにかけられた悪魔の呪いを解きます。神聖なる私の奇蹟によって村人たちの身体《からだ》から呪いを追い出すわけですが――その際、逃げ場を求めた呪いが別の宿主に乗り移ろうとするかもしれません。なので、みなさんはこの寄合所の中で待機していてください。ここにいれば安全です。絶対に外に出てはいけませんよ」

集められた者たちは、緊迫の表情で一様に頷いた。例外は未《いま》だ気絶していて寝転んだままのシラート氏だけだ。

よく念を押してから、私は寄合所の外に出る。そこでは白狼とユノが待っていた。

「他の者を隔離されるとは……そこまで危険な呪いなのですね？」

「いえ別に」

私が平然と返すと、ユノは目を丸くした。

「村人のみなさんと腹を割ってお話ししたいので。部外者の方々に外してもらっただけです」

傘を広げ、ぬかるんだ地面を踏みながら広場に向かう。村に着いてまだ数時間なのに、ブーツはとっくに泥まみれだ。聖都に帰ったら買い替えよう。

「どういうことですか？　解呪の儀式をなさるのでは？」

「儀式なんて必要ありません。いいですかユノ君。これから私が——神に愛されし聖女の娘であるこの私が、真の悪魔祓いとはどういうものか見せてあげましょう」

敢《あ》えて自信たっぷりに私は胸を張る。これから私がやることは、誰が何と言おうと正しい行いなのだと。不服があろうと文句は言わせないと。事前にそう予防線を張っておくために。

少し歩いて広場に着くと、村人たちが勢ぞろいして待っていた。

誰もがどことなく不安げな表情である。

「お足元の悪い中集まっていただき、恐縮です」

私はそんな彼らの前に歩み出て、木箱を置いただけの粗末な演壇に上った。

「これから私は、みなさんと隠し立てのないお話をしたいと考えています。ですので、まずは、私の方から秘密を明かしましょう」

私はそこで、木箱の横に待機する白狼に視線を落とす。

「こちらの白い狼さんは私のお友達です。とっても賢くて頼りになる、唯一無二の大親友です」

聖女らしく笑いながら、私は心にもない世辞を述べる。

村人たちは、私がいきなり飼い犬を褒めちぎり始めたことに、怪訝《けげん》な表情を浮かべている。

そこで私は短く命じる。

「じゃあ狼さん。元の姿に戻ってくれますか?」

その言葉に動じたのは白狼の方だ。

人前だから喋ってはいないが「なんだと?」という台詞が表情だけで伝わってくる。

「お待ちくださいメリル・クライン様。そんなことをしては村人たちがパニックに……」

当然ユノも抗議してくるが、

「いいえ、そうはなりません。たぶん」

私はなおも堂々と返す。

「――?」

首を傾げた白狼だったが、やがて面白そうに口の端を吊《つ》り上げた。

「面白い。ならば信じるぞ」

口の動きだけでそう言って、白狼は全身の毛を逆立たせた。

犬のようだったその体が一気に膨張し、瞬く間もなく巨大な狼へと変じていく。

「見よ! 我が真の姿を――!」

地響きとともに白狼が両脚を地に落とす。

村人たちからは大きなどよめきが上がったが――それだけだった。

村人たちの中に驚嘆や好奇の目はあれど、たとえば聖都の住民が悪魔に対して抱くような――純然たる恐怖の感情は見当たらない。

「やっぱりですか」

私は勝利宣言とばかりに小さく微笑《ほほえ》む。


「この村の人たちはずっと【雨の大蛇】と共存していたんです」


この一点についてはハッタリではなく、ほとんど確信に近いものがあった。

「そもそもがおかしな話だったんです。この村には古くから『雨を喚ぶ大蛇』がいると伝えられているのに、穀倉地として有名になるくらい――豪雨に襲われたことがないなんて」

ふふんと笑って私は村人たちに語り始める。

「つまりこの村は【雨の大蛇】の存在を知った上で、被害を抑えるように――場合によっては利益すらもたらしてくれるよう、何かしらの対策をとり続けていたはずです」

「っ！　メリル・クライン様。それはもしや、滝壷に生贄を捧《ささ》げるという行為なのでは……！」

そこではっと私の方を振り向いたのはユノだ。

おぞましさと悪魔への嫌悪のためか、その目は獰猛な怒りに燃え揺らいでいる。

が、私はそっと掌を差し出して彼を押しとどめる。

間違っても暴走するな馬鹿ガキ、と内心でちょっと焦りながら。

「違います。そのように邪悪な対価を求める悪魔ならば、村が壊滅寸前になった時点で誰もが村を捨てて逃げたでしょう。それなのに老人たちは心中覚悟で村に残っていた。それはおそらく、もっと良好な関係ということで――」

「『このまま村を捨てては大蛇様に申し訳が立たない』と、父は言っていました」

そのとき、広場にいた一人の婦人が泣きそうな顔で語り出した。

恰幅《かっぷく》の良い中年の女性で、言葉からして犠牲者の老人の娘と思われた。彼女は罪を告白するように、震えながら両手を握り合わせている。

「メリル・クライン様の仰るとおりでございます。このペグ村は百年以上も昔から、大蛇様とともに暮らして参りました。私どもは必要なときには雨を乞い、そうでないときは晴れた空を乞い。収穫の折には大蛇様に感謝の祈りを捧げ、この日まで暮らしてきたのです」

「つまり【雨の大蛇】を鎮めるための手段は、感謝の祈りということでいいんですね？」

「はい。穀物庫に集まってきたネズミを捕らえて生かし、収穫祭の際に滝壺へ落とすという
……」

「あっ。具体的手順はいいです」

野蛮で生々しい田舎の風習などあまり聞きたくないので、私は慌ててストップをかける。

話の流れを取り戻すように咳払《せきばら》いをして、

「きっかけはシラート氏が領主の座を継いだことですね」

「……そのとおりです」

今日見た限りでも、シラート氏は決して悪人ではない。ただちょっと信仰心が常軌を逸しているだけだ。

そんな彼が領主となり、領内で教会の教えを徹底させた。

こんな辺境の村にも、大量の聖女像が設置されるほどに。

「聖女様の像を設置して間もなく、長い雨が降り始めました。私どもは皆、それがどういう意味なのか察しました……大蛇様がお怒りになったのだと。私どもは大蛇様を崇《あが》めていましたが、教会にとって大蛇様は悪魔とされる存在。教会の象徴たる聖女様を崇めれば、大蛇様がお怒りになるのも当然だと……」

婦人は地に頭を伏してそう自供する。村人たちの多くも同じ姿勢となっていた。

「違いますよ」

そんな大勢の前で、私はそう言い切った。

——その解釈はよくないからだ。

この村の過去とか、老人たちがどんな思いで自死したとか、母の像への扱いとか。

そんなことは死ぬほどどうでもいい。

大事なのは『私が戦わなくてよいこと』で、そのために必要なのは——

「【雨の大蛇】は怒ってなんていません。貴方たちに危害を加えるつもりもありません」

ただ一つ。

悪魔である【雨の大蛇】を処刑しなくてよい理由をでっち上げることだ。

「狼さん。さっき言ってましたよね。これだけ強力な悪魔は、人間と同じくらいの知恵があると」

「ああ」

「なら、【雨の大蛇】がこう考えてもおかしくありません」

私は指を立てて、自信満々に言う。

「教会は悪魔を許さない。これまで自分と村人たちが共存してきたのがバレたら、村人たちまで処罰されてしまうかもしれない——と」

村人たちが一斉に息を呑《の》んだ気配がした。

実際そうだ。悪魔と共存していた者たちに対して、教会がお咎《とが》めなしで済ませることはあり得ない。最悪、死罪すらあり得る罪だ。

だから私は先んじて白狼に真の姿を晒させたのだ。『私は悪魔と共存することに理解がありますす』と示し、村人たちの警戒心を解くために。

「雨を降らせたのは【雨の大蛇】なりにみなさんを護《まも》ろうとしたんです。わざと村に甚大な被害をもたらすことで『自分と村人たちは無関係だ』と、共存関係を否定しようとしたわけですね」

「待ってください、メリル・クライン様」

そこで物言いを挟んできたのはユノだ。

「ならば、今降っている雨は何なのですか。村人との共存関係を否定するための自作自演ならば、僕に討たれて死んだフリをすればそれで済んだはずです。なぜまたその後に、雨を降らせる必要があるのですか」

「簡単なことです」

自殺した老人はいずれも、故郷との――いや【雨の大蛇】との心中を決めて村に残っていた者たちだ。

そんな彼らが目の当たりにしてしまったのだ。

返り血に塗れて山を下りてくるユノを。【雨の大蛇】の死を告げる晴天の光景を。

身を投げる直前の彼らはきっと、滝壺の前でこう言ったに違いない。


――すまんかったなぁ。

――儂《わし》らだけ生き残ってしまってなぁ。

――今、そっちに行くからなぁ。


「自殺者が相次いだ後【雨の大蛇】は再び雨を降らせることで、村の皆さんにこう伝えたかったんです」

私は村人たち全員に伝わるよう、声を張って言う。

「『私は生きている。どうか悲しまないでくれ』と」

✿

もちろん、すべて私の適当なホラ話である。

考えてもみて欲しい。いくら強力な悪魔といえど、蛇などという下等な爬虫類《はちゅうるい》ごときがそこまで複雑な思考をするだろうか。

白狼は「我らは人間にも劣らぬ知恵を持つ」と主張していたが、そもそも当の白狼がわりと馬鹿なので信用できない。

そんな私の内心も露知らず、村人たちは天を仰いで雨と涙に頬を濡らしていた。

その光景を眺めながら、私は結構ドン引きしていた。

（うっわぁ……やっぱりこの村の人たち、ゴリゴリの悪魔崇拝者だったんだ……）

実は、わざわざ白狼にデカくなってもらった理由はもう一つある。

イカれた悪魔崇拝者たちが私に襲い掛かってこないよう、抑止力として真の姿を披露させたのだ。「私に手を出したらこのデカい犬が黙ってないぞ」という感じで。

幸いそんな事態にはならなかったが、それでも私はもう一刻も早く村を離れたい気分だった。

後追いの自殺者も出るくらいだから、村人たちが悪魔に好意的なのは予想できていた。しかし、ここまで揃いも揃って悪魔を想《おも》い泣く姿を目の当たりにすると、やっぱり改めて引いてしまう。

いつこの悪魔崇拝者たちが勢いづいて「聖女の娘を生贄にせよ！」と襲い掛かってくるか分からない。

――なので、手っ取り早く最後の仕上げにかかる。

「はい！　これにて呪いの件は解決しました。あとは最後に雨を止めるための結界を張ります。

「それでこの事件は終わりということでよろしいですね？」

「何、娘よ。どういうことだ」

白狼が巨体で私を覗き込んでくる。怖い。

「【雨の大蛇】に悪意はないのだろう？　ならば大規模結界で滅ぼす必要など……」

「大丈夫です。ママみたいな結界じゃないので」

おっほん！　と私はわざとらしく咳払いをする。

「え〜。これから私が張る結界はとても特別なものです。一度張れば効果は永続しますが、維持のために村人のみなさんの協力が必要となります。具体的には、定期的にとある儀式をしていただく必要があります」

「儀式……？」

村人たちが怪訝そうに首を捻った。

そこで私は会心の笑顔を一発。

「さっき言ってましたよね。【雨の大蛇】に感謝を捧げる儀式として、捕らえたネズミを滝壺にどうこう――って。いや〜、本っ当に奇蹟的な偶然なんですけど、結界の維持に必要な儀式はそれとまったく同じなんです。いや〜すごい偶然ですよね〜」

この上なくわざとらしい態度で、極限まで白々しく。

決して言質《げんち》は取らせないが、私の言いたいことは要するにこうだ。

――これまでどおり【雨の大蛇】と共存しろ。

怪しげな悪魔崇拝の儀式も、私の結界の維持作業という建前を与えてやれば、教会に咎められることはない。

(そして私は戦わずに聖都へ帰れる……！)

建前上は『被害を防ぐ結界を張った』ということにできるから、晴れて任務完了となるのだ。

実際のところ、村人たちが儀式を再開したからといって雨がやむとは限らない。所詮は悪魔の気まぐれ次第である。このまま永遠に降り続くかもしれない。

しかし、雨がやまずに教会から再出動を要請されたら、開き直ってこう答えればいいのだ。

――実はあの村って悪魔崇拝者の巣窟だったんですよ～

――だからわざと見捨てたんです～

完璧だ。

私の無能はバレず、再出動もバッチリ拒否できる。この村の全員が異端審問にかけられるかもしれないが、そんなのは私の知ったことではない。

私の心の中では既にファンファーレが鳴り響いていた。

あとは結界を張る(フリをする)だけ。

私は持っていた傘を投げ捨て、右手の人差し指を空に向ける。

ウキウキ気分が隠しきれず、ついつい身振りが大げさになってしまう。

「――メリル・クラインの名のもとに、この地に加護を与えましょう！　出《い》でよ聖なる結界！」

茶番である。

私も村人たちも、誰一人としてここに結界など張られないことは分かっている。

ただ、そういう建前を与えてやるというだけ。

だったのだが――

「へっ」


――私の言葉と同時、天に穴が開いたかのように雨雲が晴れた。

突如として差し込む陽光に、誰もが一瞬その目を眩《くら》ませる。

（え？　何？　何が起きたの？）

私は事態が飲みこめずに周囲をきょろきょろと見渡す。

久方ぶりの青空に村人たちは歓喜し、諸手《もろて》を挙げて快哉《かいさい》を叫んでいる。

「見ろ！　虹だ！」

誰かがそう言って空を指した。

降り続いた雨が霧のごとく消え去り、そこに太陽が差し込んだことで、空には虹が現れていた。

幾重にも幾重にも重なる、空を覆い尽くすほど巨大な虹が。

（うわぁ。綺麗《きれい》な虹……）

なんだか状況はよく分からなかったが、あまりに美しいその光景に私は魅入ってしまった。

キラキラと輝く虹は、まるで言葉を持たぬ何者かが感謝の意を伝えているようでもあって、
不覚にも私はちょっと感傷に浸りそうになって。

ぽつん、と。

私の頭の上に何かが落ちてきた。

あまり重くない感触。少し大きめの雨粒でも落ちてきたのかと思ったが、手に触れてみると
――ニュルニュルした何かが腕に絡みついてきた。

蛇だった。

チロチロと赤い舌を動かす、蛇だった。

うねうねとした動きがこの上なくキモい、蛇だった。

「ほぎゃんっゃっぴゅりゃあああぁああぁあぁっ――――――っ！！！？？」

出したことのない奇声を上げて右腕をぶん回す私。

しかし絡みついた蛇はなかなか離れてくれない。

しかも追撃とばかりに、私の右肩と左肩にボトボトと蛇が追加で落ちてくる。

「ぴゃぎゃぁあ――――――っ！！！」

悲鳴とともに全力で駆け逃げる。

空からは次々に蛇が降ってくる。しかし他の村人に降り注いでいる様子はない。なぜか私だけにピンポイントで降ってくる。

何者かの悪意をひしひしと感じてならなかった。

「ふ、娘よ。ずいぶんと【雨の大蛇】に気に入られたようだな」

訳知り顔でふっと笑う白狼。

ふざけるな。これが気に入った相手にする仕打ちか？　嫌がらせにも程がある。これだから低能な爬虫類は。うわまた肩に落ちた。寄るな触るなこのおぞましい悪魔め――

私と蛇との追いかけっこは、その後もしばらく続いた。

✿

聖乙女メリル・クライン様は天に指を掲げ、厳かにこう仰った。

『――この地に我が加護あれ』と。

たちまち悪魔の雨雲は消え去り、眩《まばゆ》くも神々しい大輪の虹が空を覆い尽くした。

ああ、なんたる奇蹟。これこそ神の御子の業。

雨は降りやんだというのに、私の両目はいつまでも感涙に潤んだままだった――

【グラフ・シラートの回顧録より抜粋】


「とりあえず無事に終わって何よりですけど……これはまた、ずいぶんと美化されて……」

聖都へと戻る列車の中、私はシラート氏から手渡された感謝状を読んでいた。

寄合所で気絶していた彼は、意識を取り戻すなり従者から状況の説明を受けた。『メリル・クライン様が広場で神聖な儀式をしているから、その間は絶対に外に出てはならない』と。

だが、シラート氏は『メリル・クライン様が広場で神聖な儀式』まで聞いたところで、猛牛のような勢いで寄合所から飛び出してしまった。

そのまま全力疾走で広場まで駆け――目撃した。

私の口上とともに空が晴天へと変わった、偶発的なワンシーンを。

おかげでシラート氏は完全に信仰がキマッてしまい、私たちがペグ村を発《た》つまでずっと恍惚《こうこつ》の表情で号泣し続けていた。申し訳ないが、悪魔崇拝者の村人たちより不気味だった。

方向性は違えど、領主も領民も根底は似たもの同士だったということか。

涙のシミがあちこちに滲んだ感謝状には、他にもいろいろなことが記されていた。

雨がやんだことでペグ村の復興見込みが立ったこと。ペグ村の穀物供給が正常化すればシラート領の財政は盤石なものとなり、教会への支援も拡大できるということ。村人たちもやる気に満ち溢れているということ。

合間合間に讃美歌《さんびか》のような文句が挟まるため実に読みづらかったが、内容はそんなところだ。

結局のところ事態は上手《うま》く片付いたといえる。

もちろんこの後、私が教会に「ペグ村は悪魔崇拝者の巣窟だった」などと密告することはない。

この一件落着な状況をわざわざひっくり返す必要がないし、変な恨みを買っても嫌だし、教会の方としてもペグ村が豊かに復興してくれた方が今後の寄付が見込めて好都合なはずだ。

得てして世の中には、見て見ぬフリした方がいいこともあるのだ。

(それに何より！　今回のことを建前どおりに報告すれば『大規模結界を張って疲れたので、今後しばらく任務はお休みします』って言い訳ができる！)

そうして生まれた猶予期間で、なんとか母を説得してみせる。

このままでは可愛い愛娘《わたし》が死んでしまうぞ、と。

ちゃんと親として責任をもって、私を護って甘やかして悠々自適の生活をさせてくれ、と。

「メリル・クライン様」

と、そこで。

車両の隅で相変わらず正座をしていたユノが、唐突に声をかけてきた。

私はちょっと驚いてしまう。なぜなら彼は事件の解決以後ずっと黙りきりで、ほとんど空気のような存在と化していたからだ。

ちなみに白狼は私の足元で生ハムを一本まるごと齧《かじ》っている。

塩分過多になればいいのにと思う。

「はい？　どうかしましたか、ユノ君」

「今回の事件、本当にこのような解決でよかったのでしょうか？」

なんだそんなことか、と私は気怠めな息を吐いた。

「もちろんです。誰も悲しまず、これから先に希望が持てるようになったんですから。これ以上の解決はないでしょう？」

「しかし、悪魔が生き延びてしまっています」

「【雨の大蛇】はもう被害を出さないでしょうし、これからは以前どおり畑作を助けてくれるでしょう。手を出す必要がありません」

もっとも、手出しする実力なんて私にはないわけだが。

そんな事実を決して気取られぬよう、私は強気な態度でユノに念を押す。

「これが私のやり方です。悪魔であろうと罪なき者を裁くことはしません」

白狼の事件のときと同じである。私がこれでいいと断言したならそれでいいのだ。成り行きではあるが無事に事件も解決できたわけだし、誰に文句を言われる筋合いもない。

だが、それでもユノは不服があるようだった。

「……いくら善良に見えようと、悪魔は悪魔です。いつどんな形で人間に牙を剥《む》くか分かりません。今回の件もメリル・クライン様が対処していなければ、【雨の大蛇】は加減を分からず村を滅ぼしていたかもしれません」

「くだらん負け惜しみだな、小僧」

そこで。生ハムの骨をぽいと捨て、白狼が会話に割って入ってきた。

「そこまで不満ならば貴様が【雨の大蛇】を屠《ほふ》ればよかったろう。それができないからと、この娘に文句を垂れるのはいささか惨めというものだ」

痛いところを突かれたのか、ユノはしばし白狼を睨んだが、やがて小さく頭を下げた。

「申し訳ありません、僕ごときが出過ぎた発言をしました。メリル・クライン様がこうした解決を選んだ以上、これが最善だったのでしょう」

「ええ。分かってくれたならいいんです」

「ですが——どうか軽々に悪魔を信じぬようお気をつけください。メリル・クライン様ほどの実力者には無用の心配でしょうが、狡猾《こうかつ》な悪魔が貴女《あなた》様の懐に潜り込んで、不意を衝《つ》こうとすることもあるかもしれません」

そう言ってユノはまた白狼に視線を落とす。

あたかも「こいつも信用なりません」と言うように。そこは私も全面的に同意だ。

「ククク……好きに吼《ほ》えるがいい」

一方の白狼は妙に余裕たっぷりに応じている。

こいつの謎の自信はどこから湧いてきているのだろうか。私に信頼されているとでも勘違いしているのか？　村人の前で紹介してやった台詞を本気にしているのか？　この私が悪魔などに気を許すはずがないだろうに。さすが犬畜生の浅知恵。

そこで白狼は鼻先を動かし、

「しかし、妙に意固地だな小僧。さては悪魔を信じて痛い目を見た経験でもあるのか？」

問われたユノは、膝の上で両拳を固く握った。

白狼が意地の悪い笑みを口の端に浮かべる。前々から思っていたが、こいつやっぱり口喧嘩《くちげんか》が強い。

「図星か。己が失敗を恥じるのは勝手だが、その後悔を他人に押し付けるのは感心せんぞ」

煽《あお》る白狼に、じっと黙るユノ。

私は車内の空気がじわじわ悪くなっていくのを感じた。まずい。これからのんびりしようと思っていたのに。聖都に着くまでまだ結構長いんだぞ。

「え、えっと！　堅い話はここまでにして、音楽でも聴きながらお菓子でも食べませんか？　ピアノを弾ける乗務員を呼んできますから――」

「僕の育ての親は、人に擬態した悪魔でした」

重苦しい雰囲気を変えようとしたのだが、最悪に重苦しそうな話題をユノが切り出してきた。

「ええと……。親御さんが悪魔だった……？」

「はい。その悪魔は、喰うために僕を育てていたんです」

感情を押さえつけるように、不自然なほど淡々とした口調で告げるユノ。

「だから僕は――この手でその悪魔を殺しました」

第三章　彼岸より響く歌

The Second Saint is a lamb amidst wolves

「ねえねえお母さん、外からお歌が聞こえるよ。とっても綺麗なお歌」

幼い少女は楽しそうにそう言った。

炊事場に立つ少女の母親は、鍋をかき混ぜながら片手間に返事をする。

「お歌？　お母さんには聞こえないけれど」

「ええ、嘘《うそ》だあ。こんなによく聞こえるのに」

けらけらと少女は笑う。

よほどその歌が気に入ったのか、少女は自分でも鼻歌を歌い始める。炊事に勤《いそ》しむ母親は、我が子の愛らしい鼻歌を背に聞きながら、幸せそうに微笑《ほほえ》む——……


ぴたりと鼻歌がやんだ。


「どうしたの？」

母親は背後を振り返った。

炊事場のすぐ後ろ。たった今まで我が子がいたはずの居室《リビング》には——もはや誰の姿もなかった。

「メリルちゃ～ん。ちょっとお話があるんだけど～」

「やだ。聞きたくない」

母が扉をノックしてきたので、私は素早く自室の鍵を閉めた。

しかし母の剛腕の前では鍵など何の役にも立たない。バキリと金具を吹き飛ばして、母は普通に扉を開いてきた。

「あのね～。お話っていうのは」

「ねえママ？　お願い？　冷静になろ？　私みたいに虚弱でか弱い美少女に悪魔祓《ばら》いなんて務まると思う？　無理だよね？　だからこれからも私を護《まも》ってずっと面倒見て？」

侵入してきた母の手をぎゅっと握り、私はうるうると瞳に涙を滲《にじ》ませてみせる。ここ数日で懸命に練習した、迫真の嘘泣きである。

「あら～。メリルちゃんったら謙遜しちゃって。もう二件も立派にお仕事をやり遂げたじゃない？　しかも二件目は私に引けを取らないほどの大活躍だったって聞いてるわよ～」

「どっちもたまたまだから！　もっとシンプルに襲い掛かってくるような悪魔だったら、普通に私死んでたから！」

嘘泣きが通用しなかったので、今度は普通に素で怒鳴ってみる。

「だいたい！　私は前回の任務で疲れたから長期休暇を貰《もら》うことになってるの！　ママがなんと言おうと、もうしばらくは次の任務なんて――」

「ええそうよ～。だからメリルちゃんの代わりにママがお仕事に行ってくるの。そのお留守番をよろしくねっていう話なのだけど」

三秒間ほど、私はぽかんとした。

それから母の言葉の意味を咀嚼《そしやく》して、一気に心の底からの笑顔となる。

「そっかそっか！　なぁ～んだ！　もぉ～、それを早く言ってよママぁ～！」

「うふふ。だってメリルちゃんが鍵をかけたり泣き真似《まね》をしたりで、私になかなか喋《しやべ》らせてくれなかったじゃない？」

「そんなのママが話を勿体《もつたい》ぶるせいだも～ん。このこのっ」

すっかり上機嫌になった私は、母の脇腹を肘でつつく。

しかし次の瞬間、母は――

「というわけで、お留守番の最中に悪魔が襲ってきたら自力で撃退してね？」

「ンげぶっ！」

絶望的なフレーズを言い放って、私を大いに咳《せ》き込ませた。

「何言ってるのママ！　そんなのママがうちに結界を張ってくれればいいだけじゃん！　ママが本気で結界を張ればどんな悪魔も――」

「これまではそうだったんだけどね～。今はそんな風に全力の結界を張ると、あの狼《おおかみ》さんが消し飛んじゃうのよ～」

「いいから！　別にあんなの消し飛ばしていいから！」

犬畜生ごときの犠牲で私の安全が保証されるなら安いものではないか。というか、白狼《はくろう》をいずれ始末したいと思っている私にとっては一挙両得ですらある。

「む？　我を呼んだか？」

ずしん、と。

私の部屋（二階）の窓の外から、白狼がその顔を覗《のぞ》かせてきた。

私は飛び上がって狼狽《ろうばい》する。

「いいい、いや別に何も？　やましい話なんて全然……」

「あのね〜、メリルちゃんったらひどいのよ〜。この家に結界を張って狼さんを消し飛ばせだなんて」

「ママぁ！」

私は母の胸倉を摑《つか》んで締め上げた。殺すつもりの勢いで。

「ふん、つまらん冗談はよせ死神。そういう野蛮な手口は貴様の専売特許だろう。間違ってもその娘はそんな手を使わん」

できるものなら今すぐやりたい。

絶大なパワーでこの犬を消し飛ばし、ついでにこの前さんざん私を追っかけまわしてくれたクソ蛇も消し飛ばしたい。力さえあれば今の私のストレスが九割九分くらい片付くと思う。

しかし、ないものねだりをしても仕方ない。

「ええと、ママ。留守ってどのくらいの間？」

「それが分からないのよ〜。ただでさえ悪魔祓いの人数は少ないのに、メリルちゃんもユノ君も休暇に入っちゃったものだから、お仕事がすごく溜《た》まっちゃってるみたいで〜」

「……は？」

そこで私は眉間に皺《しわ》を寄せた。

前回の事件解決の立役者である私はともかくとして、どうして終始役立たずだったあのガキまで休暇を取っているのか。あと、役立たずだったくせに帰りの列車の空気を最悪にして、聖都まで無言続きの地獄時間にしてくれた恨みも忘れていない。

白狼が「ふ」と嘲るように笑う。

「芯の弱そうな小僧だったからな。大方、格の違いを思い知って自信でも失ったのだろう」

「はい？　格の違い？　誰との？」

「何を言っている。貴様以外にいないだろう」

まっすぐに白狼が私を見つめる。

その視線を受けた私は、ちょっと腕組みをして天井を仰ぎ——

（そっか……。悪気はなかったけど、見せつけちゃってたか。『格の違い』……）

私は無力である。しかし、聖女の娘にして天に選ばれたスペシャルな存在であるという事実は揺るがない。

そんな私が適切かつ見事に事件を解決した姿を見て、きっと彼は「メリル・クライン様には敵《かな》わない」と自信喪失してしまったに違いない。残酷なことをしてしまった。

しょうがない。

次に会ったら「まあキミも歳《とし》のわりには頑張っているよ？　これからも精進したまえ」などと励ましてやろう。

「ところでメリルちゃん。お留守番の話なのだけど〜」

「あっ……」

調子に乗っていたら、母の言葉で現実に引き戻された。

そうだった。母が不在の間、どうやって私の安全を守るか。

教会本部に避難するという手もあるが、避難中に強力な悪魔が襲撃してきたら、私が真っ先に駆り出される羽目になりそうだし——

私が必死に対策を考えていると、母がぱちりと両手を合わせて言った。

「もしお留守番が寂しいなら、ママのお仕事を見学してみる？」

今回、悪魔による被害を訴えてきたのはルズガータという炭鉱街である。

ほんの十年前までは無人の原野だったが、大量の石炭資源が見つかったことで一気に発展した新興の街だ。

その街で現在、子供の行方不明が相次いでいる。

下は赤子から、上は十代の少年少女まで。

親たちが言うには、ほんの一瞬だけ目を離した隙に忽然《こつぜん》と子供たちは姿を消してしまったらしい。

共通しているのは、子供たちが失踪の直前に謎の「歌」を聞いていたこと。

失踪した子供たちはいずれも、親をはじめとした周囲の大人には聞こえない「歌」が聞こえると言い始め、その直後に姿を消している。

教会が所有する過去の討伐記録《データベース》にはこの「歌」について複数の類似例があり、識別名を【誘いの歌声】と総称している――……

「ねえママ。これってどういうこと？　前に討伐したはずの悪魔と、ほとんど同じ被害がまた発生するなんて」

私と母は、任務用の特別列車にてルズガータの街へ向かっていた。

単身での留守番よりも、見学という形で母に同行する方が安全と踏んだ上での決断である。

ちなみに車内には相変わらず、犬ころサイズに縮んだ白狼もいる。列車旅に慣れてきたのか、車窓を眺めて一丁前に旅情を楽しんでいるのが実に生意気で腹立たしい。

母はバーカウンターでココアを飲みながら、依頼書を読んだ私の質問に答える。

「そっか、メリルちゃんは知らなかったのね～。悪魔っていうのは、種類にもよるのだけど、倒してしばらくしたら似たようなのが湧いてくることがあるの」

「えっ。悪魔って復活するの？」

私はぎくりとした。

悪魔が復活するというのは非常に困る。たとえば私はこの白狼を今後どこかで上手《うま》く片付けるつもりだが、その後に復活されて「よくもあのときはやってくれたな」とお礼参りに来られてはたまらない。

背中に冷や汗を流していると、母が少し首を捻《ひね》った。

「う～ん。復活とは少し違うのよね～。ゴキブリを駆除しても、家が汚いままだとまたすぐに湧いてくるのと同じ感じかしら？　決して同じ個体ではないし、意識も継続していないけれど、似たような生態の害虫が湧いてくるというか」

「ずいぶんと不愉快な比喩をしてくれる」

母の無遠慮な説明に対し、白狼がぎろりと睨《にら》みをきかせる。

それに対して母は「嫌ねえ」と笑って手を振り、

「分かってるわよ～。狼さんはそういう感じの悪魔じゃないものね？　長く生きた動物が自然と特別な力を得た感じかしら？　そういうタイプは一度しっかり潰したら二度と再発生しないから私も大好きよ～」

「嬉《うれ》しくない賛辞だな」

「あら、失礼だったらごめんなさいね？」

母と白狼のやりとりを聞いていると、私はだんだん分からなくなってきた。

「――ねえママ。悪魔にもいろんな種類がいるの？」

私がそう言うと、白狼がきょとんとした表情でこちらを振り向いた。

問われた母は困ったように苦笑している。

「おい娘よ。これまで我らの存在について何も知らなかったのか？」

「えっ、まあ、ええと、はい」

白狼の問いに慌てる私に、指を立てた母が助け舟を出してくれる。

「メリルちゃん。『悪魔』というのは『教会の教義に存在しない不可思議存在』をすべて一括《くく》りにしちゃった言葉なのよ～。だから性質も背景も様々だし、いろんな種類がいるというのは間違ってないわ～」

「あ、そうなんだ」

実は正直なところ、ここ二件ほど悪魔祓いの仕事を無事にやり過ごして、少しだけ拍子抜けしたところはある。

これまで悪魔といえば「人間を見たら即座に襲い掛かってくる狂った化物」くらいに思っていたが、意外と舌先三寸で乗り切る余地のある存在だったからだ。悪魔にもいろいろいるというなら、必ずしも凶悪なやつばかりとはいえないのかもしれない。

「そうか。知らぬからこそ……か。娘よ、貴様はそれでいい。余計な先入観を排してこそ、見える光景があるのだろう……」

実際、今も白狼は私のことをなんか勝手に過大評価して頷《うなず》いている。

こいつも悪魔とはいうが、なんなら普通の犬よりもちょっと馬鹿なんじゃないかと思う。

「あ、でもねメリルちゃん。今回の【誘いの歌声】は——間違っても狼さんみたいにヌルい悪魔と一緒に思わない方がいいわよ？」

「そうなの？」

「ええ」

そこで母は、ぞっとするほど真剣な眼差《まなざ》しを私に向けた。

「こういうタイプが一番、悪魔らしい悪魔だから」

私は思わず緊張に身をこわばらせるが、

「えっと……こういうタイプって、具体的にはどういう……？」

「それを知るにはやっぱり実物を見るのが一番よ～。だからしっかり見学しておいてね？」

母はすぐにいつもの呑気《のんき》な調子に戻った。なんだ、ちょっと脅かしてきただけか。まったく心臓に悪い。

「はいはい。ママのご活躍、拝見させていただきますよっと」


列車が走り続けること丸一日。

ルズガータの街が迫るにつれ、車窓の風景が変わってきた。

これまでは手付かずの林野が延々と続くだけだったが、街の近辺では木々が伐採されつくして、乾いた地面を剥《む》き出しにしている。そんな大地にトロッコ用の線路が縦横無尽に伸び、街の郊外へと大量の砂利や土砂を運び続けている。おそらく炭鉱の採掘で出た廃棄物なのだろう。

堆《うずたか》く積まれた土砂の山がいくつも連なる光景は、かつて母と旅行した際に見た蟻塚《ありづか》なるものを彷彿《ほうふつ》とさせた。

「今日中には余裕で任務完了するよね？」

私は髪を梳《す》きながら母にそう言う。

寝台車で一夜を明かしたが、どれだけ高級な列車といっても、やはり実家のベッドに比べて寝心地は劣る。できればさっさと家に帰りたい。

「なんたって、今回の相手は悪魔らしい悪魔なんだから。それならママが一撃で消し飛ばして即帰宅でしょ？」

昨日、母は【誘いの歌声】のことを、非常に悪魔らしい危険な悪魔だと言っていた。

それはつまり情状酌量の余地なく処刑を執行できる相手ということで——普段の私なら死んでも相手にしたくないが——最強の母がいる今日は最高の討伐対象といえる。

「ううん、メリルちゃん。私もそうしたいのだけど、街の偉い人なんかが歓待の式典なんかを開いてくださるそうだから。大人の付き合いとしてそういうお仕事もこなさないといけないのよ～」

「むう」

母らしからぬ真面目な回答に私は唇を曲げる。

まったく、田舎のお偉いさんなど無視していいだろうに。そんな連中よりも愛娘《まなむすめ》の快眠を優先すべきではないのか。

「ほらメリルちゃん。見えてきたわよ」

母に促されて窓から顔を出してみると、遠目に駅が迫ってきていた。

もう既にこの時点で、ホームに大勢の人が群がっているのが分かる。神の奇蹟《きせき》の権化たる聖女を間近に拝みたいのだろう。

「……おい、死神」

と、そこで白狼が鼻をひくつかせた。

それに笑って振り向いた母は、その先を制するように掌《てのひら》を向ける。

「大丈夫。分かっているから。あなたはおとなしくしていてね？」

「ふん。貴様に貸す手などない」

母にそっぽを向いた白狼は、私の近くに歩み寄ってきた。

「娘よ」

「えっ、何？」

「もしもこの死神のやり口が気に食わなくなったらいつでも言え。貴様になら我はいくらでも手を貸そう」

「あっ、うん、はい」

私が適当に返事をすると、満足そうに頷いた白狼は窓際に去っていった。

たぶん母のやり方に私がケチをつけるなんてあり得ないし、この犬に手助けを求めるなんてこともあり得ない。頼むから余計なことだけはしないで欲しい。

そこで列車がブレーキ音を立てて減速を始めた。

ブレーキ音に紛れて、駅のホームから響く歓待の声も聞こえる。

母は窓から身を乗り出して、街の人々に手を振っている。

そして大声でこう言った。

「みなさ～ん！　危ないからその場にちょっと伏せてもらえるかしら～？」

その瞬間、母の姿が消えた。

いや。窓枠を蹴って列車の外に飛び出したのだ。

「へっ」

突拍子もない母の行動に、口を半開きにする私。

一方、お座りを続けている白狼はさして驚いた様子もなく私に話しかけてくる。

「娘よ、貴様の母には無数の悪魔の死臭がこびりついている」

「え、死臭？　ママはいつもいい匂いがするけど……？」

「物理的な匂いではない。存在そのものに染みついた臭跡だ。貴様ら人間には分からんだろうが、我ら悪魔にはよく分かる。あの死神が近づいただけで怖気《おぞけ》が走るほどにな」

いきなり何の話をしているのかこいつは。

母がいなくなったのをいいことに「あいつ臭いよな」などという陰口を叩《たた》き始めたのだろうか。なんて腐った性格だろう。

それなら後で母に告げ口をして、しっかり調教をしてもらわねば――

「――故にあの死神は、近づいただけであらゆる悪魔を挑発することになる」

「えっ」

思わぬ言葉に、私は窓の外を改めて振り向いた。

ルズガータの街の上空に何かが。いや、誰かがいる。

足場などどこにもないはずの空中に、浮遊している人影がある。

人影ではあっても、それが人間ではないのは一目で分かった。異様に骨ばった痩軀《そうく》。死人よりも青白い肌。黒いベールを纏《まと》った姿はどこか聖職者のようにも見えるが――そのベールの下には顔がない。

目も鼻も口もない頭部に、ただ真っ暗な空洞だけが広がっている。

「あれって……」

「ああ。【誘いの歌声】とやらの正体だろうな。挑発に乗って姿を現したようだ」


そのとき、人影が――悪魔が動いた。


空中で身じろぎのように震えたかと思うと、頭部の空洞から凄《すさ》まじい大絶叫《ぜつきょう》を放ったのだ。

まるで断末魔の悲鳴がごとく。

空気が震えるのが見えた。

悪魔のそばを飛んでいた鳥が弾《はじ》け飛ぶ。破壊の音波が一直線に向かうのは――多くの人々が聖女の到着を待つ、ルズガータの駅。

「はい。おイタはそこまでよ？」

だが、その音波はどんな破壊ももたらさなかった。

駅舎に届く寸前、眩《まばゆ》い銀色の光に遮られて掻《か》き消されたのだ。私は一瞬だけ唖然《あぜん》としてから、その銀光が母の張った結界だと気づいた。

そして気づいたときには、母はもう上空にいた。

悪魔の首根っこに手を掛けた姿勢で。

（あ。ママって普通に飛べるんだ）

そんな場違いな感想を私が思い浮かべると同時、悪魔の姿が消えた。

さすがは母だ。ここまでの早業で悪魔を始末してしまうなんて。会敵からトータルで三十秒もかからなかったのではないか。

感心しているうち、列車が駅のホームに到着する。

外に駆けだした私は、既にホームへ降りてきていた母に抱きつく。

「さっすがママ！　お疲れ様！」

「ごめんね～。実は逃がしちゃったのよ～」

「はぁ？」

私の声が三段階くらい低くなる。

抱き着いていた手は自然と母の胸倉に向かう。

「どうして？　どう見てもトドメ寸前だったよね？　なんで？」

「う〜ん。いつでもトドメは刺せたのだけど、ちょっと迷っちゃって」

「らしくないな死神。悪魔に情をかけたか？」

列車から降りてきた白狼が、周囲の人々に聞かれぬ程度の声で尋ねる。

もっとも、多くの人々は今しがたの戦闘に腰を抜かして、誰一人としてまともに状況を認識していないが。

「違うわよ〜。教会の資料で読んだ【誘いの歌声】の特性を思い出して少し躊躇《ためら》っちゃったのよ〜」

「特性？」

ええ、と母は頷いて続ける。

「【誘いの歌声】を殺してしまうと、子供たちは二度と戻らなくなってしまうの」

母の告げた残酷な事実に、私はひゅっと息を呑《の》んだ。

「意外だな。貴様はそういうことに頓着しないと思っていたが」

一方、白狼は冷めた答えをよこした。

「あら酷《ひど》いわね。私だって人の親よ？　そんな血も涙もない人でなしじゃないわ」

「しかし貴様は『今ここで失われる命』よりも『将来的に失われず済む命』を優先できる人間だ。違うか？」

母が無言のまま、目を細くして白狼に笑いかける。

その笑みにどんな意図が含まれているか、私にはよく分からない。強いて推測するなら「うるせえ黙れこの犬」あたりだろうか。

なにやら母と白狼の睨み合いのような構図になってきたところで、

「お見事です、聖女様」

未《いま》だに腰を抜かしたルズガータの群衆の中から、一人の少年が歩み出てきた。

低い背丈。見覚えのある陰気な面。

そこにいたのは【雨の大蛇】の討伐で一緒だった悪魔祓い――ユノ・アギウスだった。

「お見事だなんてとんでもないわ～。討ち損ねちゃったもの」

「しかし実力差は歴然でした。次に相まみえたときが、あの悪魔の最期となるでしょう」

「ちょっと待ってママ」

私はぐいっと母の腕を引っ張って、密《ひそ》かに耳打ちする。

「なんであのガキがここにいるの？」

「メリルちゃんと同じでお仕事の見学よ。ユノ君は今回の依頼にとっても興味があったみたいだったから、せっかくだし一緒に来ないか声をかけてみたの～」

私は二秒ほど眉根をつまんで、それからユノに向き合った。

聖母のごとく柔和な笑みを取り繕って。

「ねえユノ君？　優しいメリルお姉さんからアドバイスなんですけど、今は見学なんかより実践あるのみだと思いますよ？　君が休暇を取れば取るほど悪魔祓いの人手が足りなくなって、あちこちで苦しむ人が大勢出るんです。だから一刻も早く聖都に戻りましょう？　そして任務に就け仕事をこなせ全身全霊で働け」

最後の方で本音が隠しきれず早口になって、はっと私は口をつぐんだ。

このガキが分不相応な休暇などを申請しているから母の仕事量も増えているのだ。まだまだ若手の下っ端なのだから、馬車馬のように働いてこちらの負担を減らしてくれないと。

「申し訳ありませんメリル・クライン様。僕としてもそうしたいのは山々なのですが」

「ええ。その心意気が何より大事なんです。たとえ教会から『少し休め』と言われたんだとしても、鋼の意志でそれを無視して働き続けることも尊い行いというもので——」

「今の僕は戦えないんです」

私はぱちくりと目を瞬いた。

「先日の【雨の大蛇】の一件以来、力を解放できなくなってしまったんです」

は？

それはどういうことか。悪魔祓いが力を失うなんてあり得るのか。

私が問いただそうとすると、ようやく正気を取り戻した群衆の中から、数人の住民が飛び出してきた。

「せ、聖女様！　悪魔は……悪魔は倒せたのですか!?　私の娘は戻ってくるのですか!?」

瞳に涙を浮かべながら母に縋《すが》りついてきたのは、まだ若い女性だった。口ぶりからしておそらくは失踪した子供の親なのだろう。

母は聖女らしい楚々《それ》とした仕草で、その女性の両肩に手を置きながら微笑む。

「落ち着いてください。まだ悪魔は倒せていませんが、聖女たる私の名にかけて、必ずこの事件は解決いたします」

間延びしたいつもの口調とは違って、頼もしい響きだった。

母の膝元には、子を攫《さら》われた親たちが次々に集まってくる。その中には子供が愛用していたと思《おぼ》しき玩具――ぬいぐるみなどを抱きしめている者もいた。忽然と消えてしまった我が子との縁を失うまいと必死なのかもしれない。

「娘よ」

泣きわめく親たちを前に私が気まずい気分になっていると、私の裾をぐいぐいと白狼が引っ張ってきた。

私はそっとしゃがんで、小声で囁《ささや》く。

「狼さん。今は人前だから、あまり喋らないでもらえると――」

「あの人間の持った玩具があるだろう。我ならば、あれに染みついた匂いを追えるぞ」

そう言って白狼は、街の奥に聳《そび》える炭鉱の山に鼻先を振った。

「炭鉱の方角だ。当然、助けに行くのだろう？」


白狼が子供たちの居所を嗅ぎ付けた――ということを、私は右から左へ母に伝えた。

悪魔の気配なら容易《たやす》く察知できる母も、さすがに人間の匂いを追うことはできない。速やかな事件解決のためにはこの上なく有用な情報だった。

「ありがとう～。お手柄よ狼さん～」

しかし母から褒められる白狼は露骨に不満げである。

私と母と白狼、ついでにユノで連なって炭鉱に向かう道中。母から撫《な》でられそうになるたび、白狼はするりと逃れて私を盾にする。

「我は貴様に手を貸したつもりはない。この娘に手を貸しただけだ」

「そのメリルちゃんが私に教えてくれたのだから、みんなの協力ということよね？」

「つまらん冗談を言うな。寒気がする」

普段は大勢の人々で賑《にぎ》わっているであろうルズガータの街は、今はまるでゴーストタウンのように閑散としている。いつまた悪魔が出現するか分からないので、住人の大半を駅前広場に集め、そこを覆うように母が結界を張ったのだ。

これで不測の事態が起きても新たな被害はまず発生しない。

「娘。本当にあの死神にすべて任せるつもりか？」

「え、そりゃまあ……」

母がいる状況で、私が無駄に手を出しても邪魔にしかならない。

このまま子供たちを救出して、その後に母が悪魔を消滅させる――その手順で万事解決なのだから、ただ黙って見物していればいい。

「……我にはあの女が、本気で子供の救出をしようとしているようには思えんのだがな」

「えぇ？」

思わず私は怪訝《けげん》な顔になる。

何と頓珍漢なことを言っているのかこの犬は。愛と慈悲の権化たる聖女が子供を見捨てるわけないではないか。

「狼さん。それはちょっとママのことを悪く言い過ぎです。だってさっきママは、子供たちの身を案じて悪魔を殺すのを躊躇《ちゅうちょ》したじゃないですか？」

「うむ……あれは我も少し意外だったが……」

相手を言い負かしてふふんと私は胸を張る。

なかなか口の達者な白狼だが、この天才メリル・クライン様の敵ではない。

街の端まで来ると石畳の舗装がなくなり、剥き出しの砂利道があらわとなる。普段は採掘用のトロッコが往復しているであろう炭鉱も、無人の今はまるで打ち捨てられた廃坑のように見える。

「坑道の中かしら？」

母が白狼に問うと、ぷいと彼はそっぽを向いた。

苦笑する母の視線を受け、私が改めて問い直す。面倒臭い犬だと内心で呟《つぶや》きながら。

「狼さん。子供たちはあの坑道の中ですか？」

「こっちだ。ついてこい」

白狼が向かったのは正面に見える坑道の入口――ではなかった。入口の脇を素通りして、岩肌が剥き出しの鉱山を軽やかに駆け登っていく。

そして、白狼が走る速度は速すぎた。

足場の悪さも急斜面もなんのその。獣の身軽さでみるみるうちに遠ざかり、やがて豆粒のようになって見えなくなる。母は涼しい表情でそれを追い始めるが、こちらはそうもいかない。麓にぽつんと置き去られてしまった。

（え？　私もこれ登んなきゃいけないの？）

白狼や母には余裕だろうが、私にとってはほとんど断崖も同然の道行きである。一歩も追う気になれず、私は山頂を仰いで立ち尽くす。

ずざーっ、と。

私が茫然《ぼうぜん》としていたら、すぐ近くで誰かがすっ転ぶ音がした。

ユノだった。

白狼を追って山を登ろうとして、早々に躓《つまず》いて斜面を滑り落ちるハメになったようだ。

「えっと……大丈夫ですか？」

歩み寄って尋ねる。

「申し訳ありません。情けない限りです」

砂埃《すなぼこり》にまみれた服をはたきながらユノが俯《うつむ》いた。

まあ、確かに情けなかった。あまり運動が得意でない私でも、あそこまで無様に転びはしないと思う。悪魔祓いにあるまじき醜態だ。

「さっき力の解放ができなくなったって言ってましたけど……そこまで動けなくなったんです

か？」

「はい。普段の身体能力も完全に普通の子供並みに戻ってしまいました。きっと神が僕に失望なさったのでしょう」

「ちょっと休んだら元に戻るとかは……？」

ユノは沈黙とともに首を振った。

その程度でどうにかなるものではない、と確信しているようだった。

（やばい……つまり私が格の違いを見せつけ過ぎちゃったせいで、このガキが能無しになっちゃったってこと……？）

これは神がどうこうという話ではなく、たぶん心理的なスランプだろう。

神は一度や二度の失敗なんかで失望するほど器の小さい存在ではないと思う。

私が幼いころ、母は私の誕生日にケーキを作ろうとして筆舌に尽くしがたいほどの大失敗をしてしまったことがあるが、それでも神は失望しなかった。

母もその失敗を悔い改め、二度と厨房《ちゅうぼう》には立たないと誓った。大事なのは失敗しないことではなく、その失敗を後にどう活《い》かすかだ。

「ユノ君？　そこまで落ち込むことはないと思いますよ？　聖女の娘にして神の御子《みこ》の私に君が敵わないのは当然ですし、あなたはあなたにできる範疇《はんちゅう》でそれなりに頑張ればいいというか」

穏やかにそう言いつつも、私は非常に焦っていた。

このままユノに力が戻らなければ、こいつはただの一一歳か一二歳そこらの無力なガキである。私の代わりに仕事をこなす貴重な人材が失われてしまう。

「大丈夫です」

立ち上がったユノは、昏《くら》い眼差しで頷いた。

「必ずやもう一度、神の期待に添えるように精進するつもりです。この機に【誘いの歌声】が出現したのも、きっと偶然ではありません。僕が乗り越えるべき試練として――」

そこでぴたりと言葉を止めたユノは、いきなり自分の顔面に拳を打ち付けた。

「ちょっ？　ユノ君？」

「気が動転していました。無辜《むこ》の人々を巻き込むような試練を、神が与えるはずがありません。どうか忘れてください」

「いやそれは別にいいですけど……あっ。血が」

よほど強く己を殴ったのか。ユノの鼻からは赤い血がつぅと垂れていた。

「神を冒瀆《ぼうとく》した罰です。治癒していただく必要はありません」

ユノは袖で血を拭い、勝手に治癒を固辞した。もちろん私には母のような力なんてないから、治したくとも治せやしないが。

そこで、ふと気になる。

「ところでユノ君。どうして【誘いの歌声】のことが気になるんです？」

ユノは今回の依頼に特別興味を示していたと母が言っていた。さらに今の発言でも、この悪魔の出現を『試練』とまで評していた。

過去にこの悪魔に負けたことがあって、その苦手意識を引きずっている――とか？

「それは……」

ユノが躊躇いがちに答えようとしたとき、

「もう。二人とも遅いわよ～」

呑気な声とともに、何の前触れもなく母が現れた。

私たちがチンタラしていたので、いつの間にか舞い戻ってきていたのだ。

「狼さんが待っているから急ぎましょ？　舌を噛《か》まないように気を付けてね」

母が身を翻すと、一瞬で私もユノも二人揃《そろ》って母の小脇に抱えられてしまう。抵抗する暇など微塵《みじん》もなかった。

「えっ、ちょっとママっ」

だんっ！　と。

砂利が舞い上がるほどの蹴り足で、母は大きく宙に跳びあがった。巨大な炭鉱が一気に眼下の光景へ落ちていき、ややあってまたぐんぐんと間近に迫ってくる。

「あああぁぁあぁぁあ――っ⁉」

急上昇からの急降下で悲鳴を上げる私。

地響きとともに母が着地したときには、ほぼ気絶寸前でぱくぱくと口を開閉させるのが精一杯だった。ユノも完全に目を回していた。

「娘よ。ずいぶん遅かったな」

「ユノ君が転んじゃったのを助けてあげてたみたいよ～」

「ほう。どこかの死神とは大違いで慈悲深いものだな」

「でしょ～。メリルちゃんは優しさに満ち溢《あふ》れてるから～」

母が着地したそこは――鬱蒼《うっそう》とした林の中だった。

振り返れば鉱山の禿《はげ》山が、少し離れたところに聳えている。

どうやら鉱山の反対側に着地したらしい。一跳びで山を越えるとは、我が母ながら凄まじい。

開発が進んでいた街側と違って、こちらの裏側はまだあまり手が付けられていないようだった。街の正面と裏手でここまで落差があるものか。

「街側では石炭層が浅いところにあって掘りやすいの。でも、こちら側は深部まで掘らないと石炭が出ないみたいで、なかなか採算を合わせるのが難しいそうよ」

そんな私の疑念を見透かしたように母が答える。

「ふぅん……ん？」

そんな寂れた場所に、なぜか一軒だけ建物があった。

粗末な小屋だ。

うちの実家の物置より小さい。しかも、こちらはお世辞にも造りがよいとはいえない。粗悪な木材を雑に組んだだけでところどころに隙間が見えるし、屋根や壁の一部には苔《こけ》やツタが生えてしまっている。

扉には鉄棒の閂《かんぬき》が通され、錠前で固く閉ざされている。資材か何かを入れておく倉庫なのだろうか。

「匂いの元はここだ」

白狼がそう言って建物を示す。

母は「メリルちゃん行く？」と尋ねてきたが、私はぶんぶんと首を振って拒否した。扉を開けた途端に悪魔が襲い掛かってきたら私は死んでしまう。

母が閂の鉄棒を素手で引き剥がし、扉を開け放つ。

その中には――

誰もいなかった。

黴《かび》臭い板張りの床に、薄汚い毛布が何枚も敷かれているだけだった。

私は危うく舌打ちをしかけた。

白狼め。とんだぬか喜びをさせやがって。子供などどこにもいないではないか。

「【誘いの歌声】を聞いた子供たちは忽然と消えてしまうのだけど、それは本当に消えたわけじゃないのよ。単に、周りの人間たちからは認識できなくなってしまうの。透明人間みたいになっちゃうといったら分かりやすいかしら？」

そこで母が喋り始めた。

今回の敵【誘いの歌声】について。

「そうして【誘いの歌声】は、透明になった子供たちを攫って行くの。誰にも邪魔されず。誰にも気付かれず」

そうして母は両手をぱちんと叩き合わせた。

そこから眩い銀の光が溢れ出す。

「だから狼さんは間違ってないわ。子供たちは、ここにいるもの」

銀の光が小屋の中を走り抜けたかと思うと、光景が一変した。

そこには数十人の子供たち――失踪していた子供たちが、足の踏み場もないほどに、所狭しと寝かされていた。

「やった！　さすがママ！」

私は両拳を突き上げて軽くジャンプした。

子供たちは保護した。これであとは母が悪魔を瞬殺するだけで仕事終了。無事に帰れる。

だが、その場ではしゃいでるのは私だけだった。白狼は鋭い目つきを崩さず、ユノは寝かされていた子供の手首に触れている。

「……脈はありません。呼吸も」

「へっ」

私はジャンプからの着地に失敗し、ぺたんと尻もちをついた。

「そそそ、それって、死……」

「いいえ？　違うわよね狼さん？」

母が白狼に話を振った。

白狼は不機嫌そうに唸《うな》りながらも、

「ああ、死体特有の腐敗臭がまるでない。こいつらは誰も死んでいない……が、生きているとも言い難い。仮死状態といったところか……？」

「ええ、そうよ。正解」

講釈を垂れるように母が言葉を続ける。

「ここにいる子たちはみんな、魂を奪われているの。魂は【誘いの歌声】のお腹《なか》の中。だから言ったでしょう？　あの悪魔を倒してしまうと子供たちは帰らないって。悪魔を消滅させた時点で、中の魂も一緒に消えてしまうの」

ぎり、と白狼が歯を食いしばった。

「ならば貴様。知っていたのか？　ここに来たところで子供たちは助からぬ、ただの無駄足だと」

「無駄足じゃないわよ。いくら仮死状態だからって、こんな場所に寝かせておくのは可哀《かわい》そうでしょう？　早めに保護してあげたいじゃない」

「ママ。その……倒したら子供たちの魂が戻らないなら、どうやって元に戻すの？」

母は短く目を瞑《つぶ》った。

「【誘いの歌声】が自らの意志で魂を吐き出すこと。それが果たされれば——肉体が残っている限り、子供たちは目を覚ますわ」

え、と私は目を丸くした。

悪魔が自ら子供たちの魂を解放する？　そんなこと、まずあり得ないではないか。

「さて、どうかしらユノ君。これが【誘いの歌声】という悪魔が生み出す惨劇の光景よ」

私が困惑する中、母は平然とユノの肩を叩いた。

見れば彼の顔は、仮死状態の子供たちと同じくらいまで青ざめており、その手も微《かす》かに震えている。

「……はい」

「感想はどう？」

「……とても。とても邪悪なものだと思います。許しがたいほどに」

「ええ。だから迷うことなんてないわ」

母が場違いなほど朗らかな笑みを浮かべる。

「メリルちゃんのお仕事を見て、迷ってしまったのでしょう？　不安になってしまったのでしょう？　あなたの過去の行いが、本当に正しかったのか」

安心していいわ、と母は断じる。


「あなたの育ての親も、これと同じ【誘いの歌声】だったのだから。殺すよりなかったのよ」


ユノの息が荒くなり、その眼《ひとみ》が瞳孔まで見開かれる。

「あなたは人間に害を成す悪魔を葬っただけ。なんら神に恥じることは――」

「聖女の癖にいい趣味だな。小僧をいたぶって楽しいか？」

母の弁舌に、苛立《いらだ》ちも隠さず白狼が割り込んだ。

「あら。【誘いの歌声】の現場を実際に見てみたいと言ったのはユノ君よ」

「ならば黙って見物させてやれ。貴様がベラベラ喋る必要はあるまい」

微笑む母と白狼の間で、視線の火花が散る。今ここで一戦始まってしまうのではないかという緊迫感。私は固唾を呑んで見守っていたが、

「ええ、そうね。それじゃあ私は、この子たちの手当てをしてあげようかしら」

しばし睨み合った後、母はけろりと普段の調子に戻った。

それから手近な子供のそばにしゃがみこんで、掌から治癒の暖かな光を放つ。蝋《ろう》人形のようだった頬に、生き生きとした血色が戻り始める。

「ママ、これでも目は覚めないの……？」

「そうね。だけど、とりあえず衰弱した身体《からだ》を癒やしてあげないと。いくら代謝の止まった仮死状態でも、少しずつ弱ってしまうものだから」

なんだかもどかしい。無敵の母でも、そんな応急処置ぐらいのことしかできないとは。

「それじゃあ私が治療に集中している間、メリルちゃんは周りを警戒しておいてもらえる？　いつまた【誘いの歌声】が襲ってくるか分からないから」

「えっ」

一瞬だけ迷ったが、私はすかさず白狼に視線を落とした。

「狼さん。参考までに聞きたいんですけど、悪魔の匂いはどんな感じですか？　近くにいそうですか？」

「上空を飛び回りながらこちらを様子見している……といったところだな。さきほどの挨拶が効いたのだろう。そう簡単に仕掛けてきそうな様子ではないな」

「そうですか。私もそんな感じだと思ってました」

悪魔への警戒能力なら適任の手駒がいた。話を合わせてそれっぽく頷く。

「油断せずに気を引き締めていきましょう。頼りにしていますから、何か気づいたことがあったらすぐ教えてくださいね」

「ふむ……しかし娘よ。そういうことなら貴様は空で見張った方がいいのではないか？」

「空？」

「ああ。貴様も母親と同じように飛べるのだろう？　ならばこの小屋の上空で見張っていた方が、より詳細に悪魔の動きが摑めると思うが」

馬鹿犬がとんでもない提案をしてきて、私は危うく噴き出しそうになった。

「う、迂闊《うかつ》に悪魔を刺激したらまずいですから。かえって危険です。それに……ほら、ユノ君のことも放っておけませんし」

私は言い訳を探すようにユノの方を振り向いた。

未だ放心状態の彼は、明らかに普通の様子ではない。

「……む、確かにそうだな」

反省するように白狼が目を瞑った。分かればいい。二度と私に飛べなんて言うな。

放っておけないと言った手前、私はポーズとしてユノのそばにしゃがみ、同じ高さに目線を合わせる。

「えーっと、大丈夫ですか？」

それにしても、ユノがその手で殺した育ての親というのが【誘いの歌声】だったとは。どうりでこの悪魔にやたら執着していたわけである。

私の問いかけにもしばらくユノは沈黙していたが、

「っ！」

突然動き出したかと思うと、またもや自分の顔面を殴った。

「わ！　何やってるんですか⁉」

「お見苦しいところをお見せしました。もう大丈夫です」

「いや、明らかに大丈夫じゃないでしょう」

さきほどよりも強く殴ったのか、鼻血の量が多い。

「本当に大丈夫です。少し取り乱してしまいましたが——こういった光景を目に焼き付けるため、任務に同行させていただいたのですから。大丈夫です」

何度も一人で頷きながらユノは「大丈夫」を繰り返す。

「おかげで確信できました。断じてこんな邪悪を許すわけにはいきません」

顔面蒼白《そうはく》ながらユノが義憤の言葉を述べる。だが、その語気はひどく弱々しい。

母の言葉で、ユノの不調の原因はだいたい分かった。【雨の大蛇】の一件を見て、悪魔を殺していいのか否か迷いが生じた。かつての育ての親を殺した行為が正しかったのか、自信が持てなくなった。そういうことらしい。

だから現場を見て、悪魔のクソっぷりを再認識しようとしたわけか。

（じゃあ、なんでまだこんなに腑抜《ふぬ》けてるんだろ？）

期待どおりの惨状だったはずである。吹っ切れて再起してくれてよさそうなものである。

そうなってくれたら私としても労働力が増えてありがたかった。

それなのに、ユノはむしろ落胆を深めたかのように見える。

「――何かまだ納得できないことがあるんですか？」

だから、つい私は尋ねてしまった。

淀《よど》んだ瞳でユノが私を見返す。

「……どういうことですか？」

「いや、なんとなく。ユノ君が吹っ切れてるように全然見えないので」

「そんなことはありません」

少しだけムキになったようにユノが反駁《はんばく》してくる。

「あ、そういうことならいいんです別に。詮索してすいません」

すかさず私は引いた。ガキと口論になるのが面倒臭かったからだ。

なんとなく気まずい沈黙が流れる中、たまらず私は母の方に視線を逸《そ》らす。一人あたり数秒で治療を済ませていく母は、もう建物の奥の方にまで移動していた。

「このあたりの子はちょっと酷いわね」

ぽつりと母が呟いた。

どれどれと私も首を伸ばしてみると、確かに一目瞭然で容体が重そうだった。

奥の方に寝かされている子供たちは、手前の子供たちと比べて明らかに痩せ細っている。ほとんど骨と皮だけになっているような子もチラホラといた。

(悪魔に魂を吸われて時間が経《た》つと、痩せていくのかな……？)

しかし、手前の子供たちとの差は痩せ方だけではなかった。奥の方の子供たちは揃ってみすぼらしい身なりをしている。身に纏《まと》っているのは、衣服と呼ぶのも憚《はばか》られる襤褸《ぼろ》切れ同然の代物だ。

つまり『奥の方の子供たち』は、【誘いの歌声】に攫われる前から、劣悪な環境で暮らしていたということでは——？

「ねえメリルちゃん」

私が困惑していると、母が背中ごしに話しかけてきた。

「列車の中で言ったことを覚えてる？【誘いの歌声】のようなタイプが一番『悪魔らしい悪魔』だって」

「うん？　覚えてるけど」

「【誘いの歌声】は『子供に死を与える』ことを存在意義に生まれる悪魔なの。狼さんや【雨の大蛇】なんかと違って、本能とでもいうべき部分に人間への加害性が組み込まれてる。それが『悪魔らしい』という所以《ゆえん》よ」

ろくでもない悪魔ということは分かった。だが、なぜ突然そんな話を始めたのか。

「どうして一部の子供たちだけ極端に弱っているのか、気になっているんでしょう？」

相変わらず、こちらの心でも読んでいるかのように母はくすりと笑う。

「まあ……そうだけど。それが悪魔の話と何か関係があるの？」

「ええ、もちろん。だって【誘いの歌声】は、こういう悲惨な境遇の子供を救うために現れるんだもの」

私は母が何を言っているのか分からず、ただ目を丸くしてしまった。

「何言ってるのママ？　悪魔が子供たちを救うって。【誘いの歌声】は子供を殺す悪魔なんでしょ？」

「残酷な話だけど、死が救済《すくい》になることだってあるのよ」

母がユノに視線を送った。

「ユノ君は詳しいでしょう？　不勉強なメリルちゃんに教えてあげてくれる？　【誘いの歌声】がどんな業を持った悪魔なのか」

苦しそうな顔をしたユノだが、こくりと頷く。

「……もともと【誘いの歌声】は、飢饉《ききん》に遭った地方などで発生する悪魔です。食糧が不足し『口減らしとして子供を棄《す》てるしかない』という状況に陥ったとき、どこからともなく現れて、その望みを『叶《かな》えてくれる』んです」

よく覚えてるわねえ、と母はユノを賞賛。

そして彼の説明に補足を加える。

「親たちは口減らしとして子供を棄てたい。だけど良心や世間体がそれを許さない。そんなときに【誘いの歌声】はとても都合がいい存在なの。自分で自分の子供に手を下さなくていい。悪いことはすべて、悪魔のせいにして自分たちは被害者になれるから」

「でも、子供たちは死んじゃうんでしょう？　それじゃあ全然、子供たちは救われないんじゃ……」

「飢饉の寒村で、親から『いなくなればいい』と密《ひそ》かに望まれながら生きる子供は、とても辛《つら》いでしょうね」

ぽつりと母はそうこぼした。

「そんなときに、とても美しい歌が聞こえるの。それを聞けば何も苦しいことはなくなる。肉体から魂を抜き取られて、飢えも寒さも悲しさも全部感じなくなって、この子たちみたいに、安らかに眠ることができる」

母は静かに目を伏せる。

「歌声を聞かされた瞬間、子供たちが『見えない存在』になってしまうのは――きっと『死にゆく我が子から目を背けたい』っていう親の願いの顕《あらわ》れかしら」

あまりにも残酷な話に、私は眩暈《めまい》を覚えた。

だが、よく分からない。【誘いの歌声】がそういった存在ならば、理解できない点が一つある。

「ママ、この街は飢饉でも何でもないよ？　炭鉱でとっても裕福だし……なんでそんな悪魔が出るの？」

「飢饉かどうかは問題じゃないの。本質は『死を望まれていて、苦しんでいる子供』がいるかどうか。そんな子供がいる場所に【誘いの歌声】は生まれるの。そうね、たとえば――」

母は『奥の方に並べられた』子供たちを指差した。

彼らの着ている黒ずんだ襤褸切れを眺めて。


「危険な狭い坑道に潜らされ続けて、身体を壊して用済みになった子供とか」


私は息を呑んだ。

人目に付かぬ場所に建てられた小屋。痩せ細った子供たち。モヤモヤと感じていた後ろ暗い雰囲気が、急速に具体的なイメージを描く。

「街の反対側は石炭層が深くて、採掘の採算が合わない。だけど、労働力と安全性の経費《コスト》をすべて無視すれば利益は出せるの。もっとも……炭鉱での児童労働は、今はほとんどの国で禁止されているのだけれど」

痩せ細った子供たちの手足を改めて見れば、爪が奥まで真っ黒に染まっている。身体中についた傷痕も、その扱いの過酷さを物語っている。

「【誘いの歌声】が現れた時点で、教会もこの街でどういうことが行われているか察したわ。調べてみたところ皮肉なことに、労働力の子供は『飢饉に遭った寒村』から買い集められていたそうよ――じきに街の上層部には処分が下るでしょう」

「えっと……それなら」

私はふと、らしくないことを考えてしまった。

本当は害意など持っていなかった【雨の大蛇】のことを思い出して。

「【誘いの歌声】に『教会が保護するから、子供たちはもう大丈夫』って伝えたら、魂を解放してくれないかな？　苦しい子供たちを楽にしてあげるために現れるっていうなら、殺したいって思ってるわけじゃないんだろうし……」

「メリルちゃん。なぜ【誘いの歌声】が、普通の子も襲い始めてると思う？」

私の質問に答えることなく、母は別の質問を放ってきた。

手前の方に寝かされていた、身なりのよい普通の子供たちを指差して。

「え、えっと……」

「力を得た悪魔はそれ相応の知恵を得る。そうよね、狼さん？」

「ああ。そうだな」

じっと座っていた白狼だが、問われて小さく頷いた。

「それなら、この悪魔もそうでしょうね。知恵を得て――より明瞭な自我を得てこう思ったのよ。『もっと食べたい』って。今ここで倒さない限り、被害は増え続けるでしょう」

話し合いの余地などない。

自我を獲得した悪魔は、本来の在り方すら忘れて暴走する。もはや【誘いの歌声】は無差別に子供を襲う悪鬼と成り果ててしまったということだ。

「子供たちの手当ては終わったわ。あとは【誘いの歌声】をどうするかだけど」

ここで倒さねば被害は増える。だが、ここで倒せば囚《とら》われた子供たちの命は失われる。

「――ママならどうにかできるんでしょ？」

それでも、だ。母は神の使徒にして、あらゆる悪魔を打ち倒す天下無双の聖女なのだ。

白狼は母が子供たちを助ける気がないとかほざいていたが、そんなわけはない。

「だって、この子たちを見捨てちゃうつもりなら、わざわざこんな風に手当てしないもん。ママってば実は秘策を隠してるんでしょ？」

全身全霊の信頼をもって私が真っ向から母を見据えると、やがて母はぷっと噴き出した。

「そうねメリルちゃん。打つ手がないことはないわ」

「ほら！　やっぱり！」

ぱちんと私は指を弾《はじ》いた。

まったく母の悪い癖である。昔からそうやってすぐ私を脅かそうとするのだから。

母はにこやかに作戦を語り始めた。

「たとえば【誘いの歌声】を捕縛して拷問にかけるとかね。『子供たちの魂を解放すれば楽に殺してやる』って脅しながら痛めつけていくの。理性を持たない低級悪魔ならともかく、自我を獲得した悪魔が相手なら交渉もできるから」

「拷問」

思ったより聖女らしくない作戦だったが、事態が解決するなら拷問でもなんでもまあよしとしよう。

「じゃあ、さっそくその手で――」

「だけどねメリルちゃん。おそらくだけど【誘いの歌声】はダメージを負ったら、自らを癒やすために取り込んだ魂の消化を加速させるわ。拷問をしている間に、魂がいくつか消化されきってしまうかもしれないの」

「うっ」

私はたじろいで、床に並べられている子供たちを見た。

いくつかの魂が消化されきってしまうということは、彼らのうち数人が死んでしまうということだ。

そりゃあ、今ここで目の前に【誘いの歌声】が現れて私に襲いかかってこようものなら、私は何の躊躇いもなく母に悪魔の討伐を求めることだろう。

しかし、当座のところ私の身に危険がないなら、あまり人死には見たくない。なんといっても後味が悪い。向こうしばらく陰鬱な気分になってしまいそうだ。

「といっても、どうせこのまま放置してたら全員が死んでしまうのだけどね。こうしている間にも、死なないまでも寿命は少しずつ削られているでしょうし。どうしようかしら、メリルちゃん？」

母が微笑みながら私に尋ねてくる。

そう言われても、ズブの素人の私が意見できることなど何もない。しばらく悩んだ私だったが、最終的には敢えて自信満々にこう返した。

「うん。そこはもうママに任せる！　全員しっかり助ける感じで！」

脳みそにまで筋肉が詰まっていたり、料理が下手だったり、悪戯《いたずら》好きだったり――ろくでもないところも多々あるが、私はそれでも母が心優しい人物だと知っている。

口ではどう言おうと、この子供たちを見捨てるわけがないということも。

そして偉大なる聖女《はは》に不可能などないということも。

私の力強い言葉を受けた母は、目を丸くしてから少し笑った。

その笑みは嬉しそうにも、悲しそうにも見えた。

「……そうね、ありがとうメリルちゃん。だったら奥の手を使おうかしら」

「奥の手！　どんなの⁉」

私が拳を握ると同時だった。

母が床に大きく足を打ち付けたかと思うと、そこを起点に音叉《おんさ》のような高音が響き渡った。

私にはただの奇妙な音としか聞こえなかったが、

「ぐぅガッ！」

その音を聞いた瞬間、白狼が床に伏せった。

「貴様……何をした。臓腑《ぞうふ》がかき回されるような……」

「少し我慢してね狼さん？　大丈夫、この音は悪魔に不快感を与えるだけで、実害はないから」

母がもう一度、床を踏み鳴らす。

白狼も覚悟していたか、今度は歯を食いしばって耐えた。だが、その表情はあまりに苦しそうで、私は不覚にも若干の哀れみを覚えてしまった。

「ねえママ。ちょっと止めてあげたら――」

「いい？　メリルちゃん。よく聞いて」

諫《いさ》めようとする私の言葉を止めて、母は真剣な口調でそう切り出した。

「食べたものを吐き出させたい。人間が相手だったら、そんなときどうすればいい？」

「え、えっと……何の話？」

「昔、メリルちゃんが私の作ったケーキを食べたときどうなったかしら？」

「吐いた！」

過去のトラウマを思い出して私は絶叫した。

あんな凄まじいテイストを舌に味わったのは、後にも先にもあれ一度きりだ。

「そう。悪魔にとって、悪魔祓いの持つ聖なる力は――私の作ったケーキと同じくらい不味《まず》いものなのよ。よく覚えておいて」

いったい母は何を言おうとしているのか。

私がそう思った、そのとき。

どこからともなく、私の耳に美しい歌声が聞こえ始めた。

どんな聖歌隊も比べ物にならないほど美しく、しかしどこか儚《はかな》げな響きもある、悲しくも優しい子守唄のような調べが――

「あなたなら、きっと大丈夫」

母がそう言って私を抱きしめてくる。

その感触とともに、私はぷつりと意識を失った。

「——うう、ん？」

妙にひどい眠気を覚えて、私は目をごしごしと擦《こす》った。

昨晩、列車で寝たために熟睡できていなかったのだろうか。やはり早く家に帰って自室のベッドで眠りたい。

「ねえママ。早く終わらせて家に帰ろ……」

そこで私は目を開いて、気づいた。

目の前に、私を抱きしめていたはずの母がいない。それどころか景色まで一変している。さきほどまで子供たちが囚われていた小屋の中にいたはずなのに、今の私はルズガータの街の駅前広場に座りこんでいた。

ただし、そこには誰もいない。

本来、今の駅前広場は避難所として住民がひしめいているはずだ。しかし、どれだけ辺りを見渡しても、誰一人として見当たらない。

とてつもなく嫌な予感がした。自分の身に異常なことが起きているのがひしひしと感じられる。

（これってまさか、もしかして……）

急激な眠気を覚える直前に、やたらと美しい妙な歌声が聞こえてきたのを思い出す。

あれはまさか【誘いの歌声】ではないのか。母が『悪魔に不快感を与える音』を発して挑発行動を取ったから、向こうもやり返してきたのではないのか。

どっと私の全身から冷や汗が溢れた。

もしそうだとすると、今この場所はルズガータの駅前広場などではない。ただ景観がそのように見えるだけで、実際は【誘いの歌声】の腹の中だということだ。

「まっ……ママぁ――――っ!! 助けて――っ! どうにかして――っ!!!」

たまらず空に向かって叫ぶ私。

よく見ると空の色は毒々しい赤紫で、明らかに普通の空ではなかった。ここが悪魔の腹の中だという可能性がより濃厚になって、私はますます青ざめる。

「えっと……犬! そう! 犬でもいいから! 狼さん! 助けて!!」

沈黙。

空に向けて放った言葉は、ただ虚無へと吸い込まれていく。反響すら返ってこない。

最悪に絶望的な状況だったが、悲嘆に暮れるよりもまず私は怒りを覚えた。

「ああもう! 最悪!」

ぎりぎりと歯を食いしばって、八つ当たりにげしげしと地面を蹴る。

なぜ母はいきなりあんな無茶をしたのか。せめて悪魔を挑発する前に、愛娘《わたし》を結界で守って安全圏に置くべきだったのではないか。

まったく聖女としてあってはならないミスだ。今頃母も慌てふためき、仮死状態の私を前に泣き暮れているはず――いや待て。

私は眉間をつまんで、意識を失う直前のことを思い返す。

母は確かこう言っていた。

「あなたなら、きっと大丈夫」と。

私は目を瞑って天を仰いだ。

きっと大丈夫。母が告げた温かな信頼の言葉を思い出しながら、

「無茶言うなこの馬鹿ママぁっ！　どこが大丈夫なもんかぁ――――っ‼」


その辺に転がっていた石ころを拾って、駅舎の窓に投げつけた。

ガラスの砕ける快音とともに破片が飛び散る。どうせここは悪魔の腹の中。誰にも怒られないと確信を得ている私は、次から次に駅舎のガラスを割りまくった。

さらに私の勢いは止まらない。

広場の花壇そばにあったスコップを拾い、とにかく手あたり次第に近場のものを破壊しまくる。どうせならこのまま街に火でも放ってやろうか――と思ったところで、ふと気づいた。

（あれ。ここって悪魔の腹の中なんだから、暴れたら腹痛とか起こすんじゃない？）

だが、現状まったく周囲の光景に変化はない。

不気味な赤紫色の空もそのままだ。まあそれはそうだ。私ごときが暴れて脱出できる程度なら、囚われた子供も自力で脱出しているだろう。

私はスコップを投げ捨て、真面目に生き残る術《すべ》を考える。

ひとしきり暴れて少しだけ頭も冷えてきた。

母は「あなたなら、きっと大丈夫」と言った。母は私の無能を知っているから、これはただの無根拠な楽観ではない。

つまり私に力がなくても、この状況から生還する方法はあるのだ。少なくとも母にはその確信がある。

(あとは……そう。ママは突然ケーキの話をしてたっけ)

食べたものを吐かせるにはどうしたらいいか。とびきり不味いものを食べさせればいい。悪魔にとっては『悪魔祓いの聖なる力』が、母のケーキと同等の劇物となる。

「——もしかして」

ふと思い付くことがあって、私は広場の中を見渡した。

期待していたものがそこにはあった。合図や時報に用いる半鐘の櫓《やぐら》だ。私は櫓のハシゴをおっかなびっくり上り、備え付けの木槌《きづち》でひたすら半鐘を打ち鳴らす。

「私はここで——すっ!!　もしあなたも来ているなら、早く来なさ——いっ!!」

私は悪魔の力に何の抵抗力もない子供だったから、歌声によって魂を抜かれてしまった。

奇《く》しくもあの場にはもう一人、私と同じ『何の抵抗力もない子供』という被害者の条件を満たす存在がいた。

「ユノ君――っ!! あれだけ能無しになってたら、君も魂抜かれてるでしょ――っ!! この鐘に気づいたならさっさと来なさ――いっ!!」

果たして勘は的中した。

私の呼びかけに応じるように、街の大通りの向こうから、息を切らして少年が駆けてきた。

やはりそうだ。

悪魔祓いの力を持つユノも、私と同じく魂を吸われていた。ここで彼が聖なる力を取り戻せば、【誘いの歌声】は私たちを吐き出して解放することだろう。

半鐘の櫓に走ってくるユノは年相応の鈍足で、やはり力は戻っていないと見える。息を切らして足取りもふらついているあたり、なんなら素の体力は虚弱な方なのかもしれない。

櫓の上で待つのもじれったく、私はハシゴを下りて彼の方に駆け寄った。

「メリル……クライン様……お待たせ……し……申し……訳……」

「あ、まず息を整えてください。それからでいいので」

合流するなり謝罪してきた彼に、私はとりあえず落ち着くように告げる。

ここからの脱出の鍵はユノなのだから、ちゃんと体力を回復してもらわねば困る。徐々に落ち着いてくるユノの息を聞いていた——そのとき。

「〜♪」

どこからともなく歌声が聞こえて、私とユノは弾かれたようにそちらを振り向いた。

また【誘いの歌声】が響いたのかと警戒したが、すぐに違うことが分かった。

意識を失う前に聞いた美しい歌声と違って、今度の歌声はひどく調子の外れた鼻歌だった。

まるで幼い子供が歌っているかのような。

「メリル・クライン様。あそこからです」

そこで、息を整えたユノがある場所を指さした。

駅前広場のすぐ近くに建っている民家だ。開け放たれたその窓から、拙い鼻歌が漏れ聞こえている。

ユノは「様子を見てきます」とばかりに頷いて、すたすたと窓の方に歩いていった。

私は怖くてあまり近寄りたくなかったが、放置しておくのも気味が悪かったので、ユノに続く形でゆっくり様子を見に行ってみる。

ユノとともに窓を覗いてみると——

「ねえねえお母さん。外からお歌が聞こえるよ。とっても綺麗なお歌」

そこには幼い女の子がいた。

鼻歌を歌いながら、居間《リビング》のソファで楽しそうに身を揺らしている。その奥の炊事場では鍋がグツグツと煮えているが、そこには誰も立っていない。

しかし少女は、無人の炊事場をじっと眺めたまま『お母さん』に向かって話しかけ続けている。

何度も何度も。同じ言葉を。鼻歌交じりに。

「ねえねえお母さん。外からお歌が聞こえるよ。とっても綺麗なお歌」

ユノが窓から民家の中に飛び入って、少女の前にしゃがみこんだ。

「教会の者です。大丈夫ですか」

「ねえねえお母さん。外からお歌が聞こえるよ――」

だが、胡乱《うろん》に淀んだ少女の瞳には、真正面のユノなど映っていなかった。鼻歌交じりに同じ言葉を繰り返しながら、存在しない『お母さん』の姿だけを見つめている。

「幻を見ているようです。おそらくは……幸せな幻を」

「あ、そっか。もとはそういう悪魔だったんですね……」

苦しむ子供たちに偽りの救済を与える。それが【誘いの歌声】の本質だった。

囚われた子供たちはこの悪魔の腹の中で、魂を消化されきって死ぬまで、ずっと幸せな夢を見続けることになるのだろう。

私たちもこの場所に長居していたら遠からずああなってしまうのだろうか。

もしこの幻惑が消化の一過程ならば、母への人質として私たちは消化を猶予され、このまま正気を保っていられる可能性もなくはない。しかし正気のまま永遠に悪魔の腹に閉じ込められる方が、幻惑されるよりもずっと恐ろしい。

「さあユノ君。今すぐここを出ましょう」

もちろんそんなのは御免なので、私はそう言った。

彼を勇気づけるために自信満々で拳を握りながら。

「君ならやれます。神もそう言っています。今こそ聖なる力を解放して、悪魔に反吐《へど》を催させてやるんです。あっでもちょっと待ってください。私は離れたとこに避難しますから」

ユノは力を解放すると見境なく暴走する。

魂だけの状態でも巻き添えを喰《く》らうのかどうかは分からないが、念のため安全圏まで逃げておきたい。

「……申し訳ありません。今の僕では……どうかメリル・クライン様の御力にて、皆をお救いください」

「うっ」

しかしユノは項垂《うなだ》れつつ、ごく真っ当な対案を提示してきた。

それはそうだ。普通こんな状況だったら、万全な私の方が対処すべきに決まっている。

問題は――私が万全な状態でも完全に無能ということだ。

（ううん。こんな状況だし、無駄にメンツを守る必要はないけど……）

正直に私が無能と告白しても別に構わない。命がかかっている現状、プライドは一旦《いったん》どうでもいい。

だが『偉大なる聖乙女メリル・クライン様』という精神的支柱を失ったユノは、ますます不安定にならないだろうか。腑抜けがこれ以上腑抜けになられてはたまらない。

――今はどんな手を使ってでもこのガキに発奮してもらわねば。

惨劇を見せつけるという母の荒療治は通用しなかった。ならば別角度からのアプローチが必要となる。

私は慈悲に溢れた仕草で、幻惑された少女の頭をひと撫でしてみせ、

「少し歩きませんか？」

「……はい？」

「いいからちょっとついてきてください」

ユノの手を引いて、大通りへと連れ出した。ユノは私の意図が分からず狼狽しているが、非力なガキの抵抗など大したことはない。

そのまま引っ張って連れていくのは――

「……教会、ですか？」

「です。悪魔の腹の中にもあるんですね」

現実のルズガータと同じ配置でこの空間にも教会が建っていた。現実の方で見かけたとき「聖都の教会と比べたらずいぶん小さいな」と密かに失礼なことを思ったので、場所をよく覚えていたのだ。

内部もやはり聖都のものに比べたら陳腐だ。

ステンドグラスもなければ聖女《はは》の彫像もない。正面奥に聖職者が説教をするための講壇があり、手前に信徒の聴講席が並ぶというシンプルな造り。新興の炭鉱街なので芸術色は薄いのだろう。

私はユノを聴講席に座らせ、つかつかと段を上って講壇に立つ。

「今、この場には私とあなただけです。ママもいなければ狼さんもいませんし、もちろん教会の偉い人たちもいません。それに、もしユノ君が冒瀆的なことを喋っても、悪魔の影響下で正気を失っていたからと言い訳できます。だから――」

私は壇の上に両手を置く。

「脱出する前に、正直な気持ちを聞かせてください。あなたはずっと辛そうな顔をしています。何がそんなに悲しいんですか？」

「……申し訳ありません」

「謝るのではなく、本音を教えて欲しいんです。悪魔祓いではなく、一人の苦しむ少年として」

私の見る限り、ユノはずっと悪魔を憎悪しようと努めていたようだった。

その一方で【誘いの歌声】の生み出した惨状を見たときは激しく動揺した。悪として憎むには格好の機会だったろうに。

その矛盾した態度の底には、いったいどんな心情があるのか。

長い沈黙。苦悶《くもん》のような唸り声。

それから、まるで懺悔《ざんげ》するようにユノは口を動かし始めた。

「僕は育ての親だった悪魔から、何一つとして危害を受けませんでした。ただ普通に……ごく普通の親子のように、面倒を見てもらった記憶しかありません」

「それじゃあ、【誘いの歌声】がユノ君を『食べるために育てた』というのは嘘だったんですか？」

「……分かりません。だけど」

泣きそうな顔で俯き、彼はこう続けた。

「あの悪魔はいつか『僕を喰うつもりだった』はずなんです。そうでなければならないんです。でないと僕は何の意味もなく――親を、母さんを、この手で殺してしまったことになるじゃないですか」

「ほう……自ら悪魔の腹に飛び込んで、囚われた者たちを救うつもりか。流石《さすが》だ」

仮死状態となったメリルの身体を前に、白狼は感心して唸った。

いくら圧倒的な力を持っていても、魂だけの存在となって悪魔に喰われるというのは相当な覚悟が要るはずだ。しかし見上げたことに、メリル・クラインは一瞬たりとも迷わなかった。【誘いの歌声】が響き始めてすぐ、躊躇の気配すら見せずノータイムで意識を手放したのだ。

歴戦の勇士でも、なかなかあれほどの即断はできまい。

ただ、白目を剥いて口を半開きにしている姿は妙に間が抜けていた。いや、子供たちを救うために自分の外見など一切気にしなかったということなのだから、むしろ尊敬に値すべきことか――と白狼は思う。

「残念だったな死神。どうやら手柄を娘に奪われそうだぞ」

「そうね～。とっても誇らしいわ～」

相も変わらず摑みどころのない聖女は、のほほんとそう言った。

「……しかし、遅いな」

お座り姿勢で呟く白狼。

メリル・クラインが意識を失ってからそろそろ一分ほど経《た》つ。あれほどの実力者ならば、脱出に数秒も要しないはずだ。

同時に意識を失ったユノも、当然だが目を覚ます様子はない。この未熟な少年が足を引っ張ったりしていなければいいのだが。

「心配ないわよ～。メリルちゃんなら、絶対にみんなを助けてくれるから～」

「ふん。知れたことをわざわざ言うな」

心配などしていないし、そもそもあの娘に心配が必要だとも思えない。

すぐに戻ってこないのが少し不可解なだけだ。

「あの子には考えがあるのよ、きっと」

そんな白狼の疑念をよそに、聖女は訳知り顔でそう言った。

白狼はあまり面白くなかった。まるで「あなたなんかにあの子の真意は分からないわ」と蔑まれているようで。

「ねえ狼さん。あの子の一番すごいところが何か分かる？」

と、そこでいきなり聖女が問うてきた。

白狼は答えに窮する。何から挙げればよいか迷ったのだ。最強の聖女にも匹敵する圧倒的な力か、海よりも深い慈愛の心か。

いや違う。もっとも白狼が驚嘆したのは――

「あの子はね、どんな怪物も恐れないの」

出そうとした答えを一足先に告げられ、白狼はちっと舌を打つ。

「……ああ、そうだな。我のときも【雨の大蛇】のときも、あの娘は我らを怪物として扱わなかった。まるで同じ人間を相手にするかのように、ただ正面から向かい合ってきた。あの曇りなき瞳こそが、メリル・クラインの持つ最大の力だろう」

「ええ、そうね」

白狼が言うと、心から嬉しそうに聖女は頷いた。

「だからメリルちゃんは私みたいな血塗《ちまみ》れの死神のことだって『ママ』と呼んでくれるの」

そのとき、聖女の瞳にぞっとするほど冷たい光が宿ったのを白狼は見た。

咄嗟《とっさ》に飛び退《の》く白狼だったが、一瞬後には聖女は元の表情に戻っていた。不気味なほど柔和な表情に。

「あの子は自覚してないでしょうけど――昔から慣れているのよ。怪物と向かい合うことにも。怪物の中にほんの僅か残された、心らしきものを見つけ出すことにも」

「……己が怪物だという自覚はあったのだな」

「ええ。だって私は【誘いの歌声】と一緒に子供たちを死なせてしまっても、別に構わないと思っていたもの」

やはりか、と白狼は思う。

この聖女がそこまで博愛主義ではないとは分かっていた。


「我も貴様らしくない躊躇だとは思っていた。だが、メリル・クラインならば子供たちを救えると判断して予定を変えたのだな？」


「ううん。恥ずかしいのだけど、実はもっと単純な理由で」

聖女は困ったように微笑んで、言った。

「メリルちゃんの前でだけは『優しいママ』でいたかったの」

✿

慟哭《どうこく》のようなユノの独白を聞いて、私は彼の内心がようやく理解できた。

――つまりこのガキは、育ての親の悪魔を慕っていたのだ。

それを自らの手で殺してしまったことに耐えられず、必死に「悪魔とは例外なく邪悪な存在だ」と自分に言い聞かせて正当化していた。

しかし私が【雨の大蛇】を『無害な悪魔』と見逃してしまったことで、その自己暗示がぶち壊れてしまったと。

私は深くため息をつく。

やはり教会は無能だ。いくら力があっても、こんな乳離れもできていない子供を悪魔祓いに任命するとは。

こうなると、母の荒療治が通用しなかった理由もよく分かる。ユノは結局のところ、心の底では育ての親を慕っているのだ。その善性を信じているのだ。いくら万言を尽くして『お前の親は殺すべき悪魔だった』と言い聞かせたところで、ますますその心を不安定にするだけだろう。

ならば【雨の大蛇】のときのように『あなたの親は悪くない悪魔だった』と、内心に秘めた思慕の感情を肯定してやるべきか？

いいや。そうなるとユノは『悪くない悪魔』を殺してしまった自責の念に苛《さいな》まれ、再起どころではなくなってしまう。

あちらを立てればこちらが立たず。本当に面倒臭い状況だ。

しかし、不思議だった。

（……うん。たぶん大丈夫）

人間の子を育てた悪魔の気持ち。そして悪魔に育てられた人間の子の気持ち。

私の中でそれは、奇妙なほどに想像しやすいものだった。彼《ユノ》がその悪魔《おや》にどんな気持ちを抱いていたか。そして彼が心から育ての悪魔《おや》を慕っていたなら――悪魔の方だって、あるいは。

だから、少し考えればすぐに分かった。

彼を再起させるために、これからどんな手を打てばよいのか。

「ユノ君。あなたは力を解放すると、記憶がなくなると言っていましたね？」

「はい、そうですが……」

「なら当然、お母さんを殺してしまったときの記憶もないんですよね？」

ユノは微かに目を伏せた後、浅く頷いた。

「ですが、バラバラになった母の遺体の前で、僕の手は血塗れで……」

深刻そうに語るユノの前で、私はぽんと手を拳に叩いた。

「うんうん。やっぱりそうでしたか。きっとそうだと思っていたんです」

「メリル・クライン様……？」

私はまるで聖女《はは》のように優しく微笑んだ。

いける、という確信とともに。

このガキに記憶がないなら、なんでもアリだ。

「聖女の娘としての私の勘が告げているんです。あなたは殺していない、と」

ユノが大きく目を見開いた。

そう、この状況を切り抜けられる手はただ一つ。

「あなたに罪の意識があるなら、この場ですべて詳しく懺悔なさい」

私は天に向かってびしりと指を突き立てる。

「その懺悔のことごとくを、この私が否定してあげましょう！」


なんかいい感じに誰も悪くならないホラを並べ立てて。

育ての親の罪も、ユノ自身の罪も――聖女の娘メリル・クラインの名のもとに、すべて否定してやればいいのだ。

普通に考えて、今は悠長に懺悔などしている場合ではない。脱出が最優先のはずだ。

そんなことは当然ユノだって理解している。

しかし、彼は呼吸も忘れたかのように凍り付いていた。「あなたは殺していない」という一言は、見事に急所を貫いたようだ。

「少しずつ。話せるところからでいいですよ」

やがてユノは迷うように喉をひくつかせ、小さな声で語り始めた。

「……拾われたときの記憶はありません。物心ついたころには、僕は悪魔と……『母さん』と暮らしていました。誰も踏み入らない森深くの小屋で、二人きりで」

「その『母さん』というのが【誘いの歌声】だったんですね？」

私の問いに対し、ユノは頷いて肯定する。

「この街に現れた【誘いの歌声】は人型ではあっても人間とは言い難《がた》い姿でしたが、僕を育ててくれた『母さん』はごく普通の人間の姿をしていました。ただ――時折、蜃気楼《しんきろう》のように輪郭がぼやけたりすることがありました」

【誘いの歌声】は子供たちを透明にするなど、人間の認識を歪《ゆが》める力を持っていた。

能力の扱いに長《た》けた個体ならば、擬態といった芸当も可能なのかもしれない。

「ええと……ちょっと話は逸れるんですが、お母さんの輪郭がたまにぼやけることを不思議に思わなかったんですか？」

「他の人間を見たことがありませんでしたので、そういったこともあるのかと思っていました」

あってたまるか――と思いかけたが、よく考えたらうちの母も暗闇の中でたまに後光を発したりする。私もそれに違和感を覚えたことはないから、幼少期から見ていれば人間は大抵のことに慣れてしまうのかもしれない。

「母さんは無口な人……悪魔でした。今にして思えば、あまり人間の言葉が得意ではなかったのでしょう。僕も幼い頃《ころ》からそんな母に育てられたため言葉が分からず、互いの意思疎通はすべて身振り手振りで行っていました」

「たとえばどんな感じでした？」

「僕が森に行こうとすると、こうして『危ない』『行くな』などと示してきました」

そう言いながらユノは当時の身振りを再現してみせる。

『危ない』のときは爪を尖《とが》らせた獣のようなポーズで、『行くな』のときは両腕を真横に広げて通せんぼをする姿勢だった。

子供向けの微笑ましいジェスチャーのようにも見えるが、薄皮の下に隠れた異形の悪魔の顔を想像すると、客観的にはおぞましい光景かもしれない。

「母さんはほとんど喋りませんでしたが、唯一の例外が歌でした。とても綺麗な——聞くだけでとても安らかな気分になる子守唄を、毎日歌って聞かせてくれました」

「えっと。念のため確認なんですけど、それを聞いてもユノ君は無事だったんですよね？」

「もちろんです。魂を抜かれるようなことはありませんでした……眠ってしまうことは多かったですが」

ユノは懐かしい思い出に浸ったのか、ほんの少しだけ和やかな表情となった。

だが、私はある懸念を覚えた。


——本当にその【誘いの歌声】が発していた歌は、無害なものだったのだろうか

ユノは悪魔祓いの能力——聖なる力を持って生まれた人間である。
たまたまユノに耐性があったから歌声が効果を発揮しなかっただけで、その『母』は常にユ

ノの魂を狙っていた可能性すらある。そう考えると『毎日歌って聞かせる子守唄』というのも、執拗《しつよう》に彼の魂を狙う恐ろしい行為とすら思えてくる。

ここで私は最悪のパターンを想定する。

ユノの『母』だった【誘いの歌声】の目的が、彼の魂を喰うことだったという――もっとも単純なパターンだ。

いくら歌声を聞かせても魂を抜かれない幼子《ユノ》に、【誘いの歌声】は強く興味を惹《ひ》かれた。

そしてこう考えた。

この特別な子供の魂は果たしてどんな味がするのか。味わってみたい。死なぬように餌を与えながら『歌』を聞かせ続けよう。その魂を奪える日まで、毎日。

実際のところ【誘いの歌声】にとってユノの魂はゲロマズの劇物なのだが、悪魔にそんな予備知識があったかは極めて疑わしい。何も知らない悪魔からすれば【誘いの歌声】に抵抗するユノの魂は、とんでもない珍味と見えたかもしれない。

私がそんな最悪の想像をしているとも露知らず、ユノは回想を続ける。

今度は苦渋に満ちた表情で、こみ上げる何かを押し殺すように。

「ですが、季節が幾度も巡って……僕が少しだけ大きくなった頃、母さんの様子がおかしくなってきたんです。輪郭のぼやける頻度が増し、床に臥《ふ》せる日が多くなり、やがて身動きすらほとんど取れなくなりました。そのころには、もう――」

そこでユノは言い淀んだ。

私はゆっくり頷いてみせ、続きを促す。

「母さんの姿は、母さんではなくなっていました。干からびて萎《しお》れたミイラのような――顔のない、異形の姿でした」

「……変だとは思わなかったんですか？」

ユノは首を振った。

「どんな姿になっても、母さんのことは母さんだと思っていました。だから必死に世話をしました。毎日川から水を汲《く》んで、木の実や山菜を集めて……母の使っていた弓矢を持ち出して、鹿を仕留めたこともありました」

「……弓矢？【誘いの歌声】がそんなものを使っていたんですか？」

この街に着いたとき、あの悪魔は母に向けて砲撃とでもいうべき音波を放ってきた。

あんな攻撃を使える悪魔なら、弓矢のような道具に頼る必要はないと思う。

「飢えていたんだと思います。悪魔の力を使えないほどに」

「あっ」

そうか、なるほど。

弓矢などという道具に頼ったのも、擬態が解けてしまったのも、最終的に動けないほど衰弱してしまったのも。ユノの魂を食えなかったがゆえの飢えのせいだと考えれば説明がつく。

「ということは、あなたのお母さんは他の子供の魂も食べていなかったということですね」

「そうだと……思います」

さきほど私が想定した最悪のパターンが、とりあえずこれで否定された。

ユノの母が、魂を狙う邪悪な悪魔だったとすれば、ユノを飼い殺しにしている間も並行して他の子供の魂を喰い漁《あさ》ったことだろう。それなら飢えることなどあり得ない。

つまり彼の母は、どういう理由かは知らないが——子供の魂を喰い漁ることをやめていた『悪くない悪魔』だったと解釈できる。少なくとも、ユノとともに暮らしていた間は。

しかし、そうなると母を殺してしまったユノの罪悪感が問題となってくる。

そこにどんなフォローを入れていくか。

「——聞かせてください。あなたのお母さんの最期を。記憶にある限りでよいので」

彼の記憶の間隙に、どんなピースを埋め込むべきか。

「変わり果てた姿になっても、母さんは生きていました。僕が食事を口に……いえ、顔の空洞に運ぶと、辛《かろ》うじて飲み込んでくれたんです。人間の食事がどれだけ母さんの助けになったかは分かりませんが、ほんの少しは意味があったと、そう信じたいです」

もはや人の姿でなくなった母との思い出を、ユノは静かに話し続ける。

その母が、どんな最期を迎えたか語るために。

「最期の日の朝、母さんはとても旺盛に食事を摂《と》りました。僕の介助を必要とせず、久々に身を起こして、僕の集めてきた木の実や干し肉を食べ始めたんです。ほぼ瀕死《ひんし》だった前日とは、明らかに様子が違っていました。家の中の食料を次々に平らげ、それから――」

それからユノは身振り手振りの表現をする。

自分の口を指さす動きと、腕を大きく輪のように広げる動き。

「『食べたい』『たくさん』。母さんが本当に珍しく……僕にそう訴えてきたんです」

「それで、あなたはどう答えたんですか？」

「『たくさん』『集めてくる』と」

小さくユノは首を振った。

「母さんの様子がおかしいと思うより、嬉しさの方が勝っていました。これだけ元気に食事を食べ始めたのだから、きっと体調がよくなったのだと。たくさん食料を集めてくれば、また母さんは元気になるのだと」

危うい予感を私は覚えた。

人間の魂を食料とする悪魔が、いきなり人が変わったように食料を欲し始めた。理性で食人衝動を抑えていたのだとしても、極限の飢餓状態でその理性を保ち続けることはできるのか。

昔、どこかで聞いたことがある。

本当にひどい飢饉の際には、人間同士が共食いをすることもあり、その中には親が子を殺して食った例すらあると。人間ですら飢えればそうなってしまう。悪魔がそうならない保証など、どこにもない。

「僕は森に出て食料を集めました。いつもよりやる気に満ち溢れていて、身体が軽かったです。甘い果実をたくさん集めて、大きな兎《うさぎ》も何匹か捕まえることができました。背負った籠もすぐ満杯になって『そろそろ帰って母さんに料理を作ろう』と思い始めたころ、森の中に歌声が響き始めたんです——間違いなく、母さんの歌声でした」

最期の日の様子を、ユノは敢えて淡々と語ろうとしているようだった。

そうでなければ彼の中で何かが決壊してしまうのかもしれない。

「歌えるほど元気になったのだと思いました。僕はたまらなく嬉しくて、家に向かって走り始めました。歌を聞いていると身体の底から力が湧いてきて。あっという間に家が見えてきて。そして——」

「そして？」

無感動を装っていたユノだが、呼吸が微かに荒くなってきている。

彼は一度だけ、自らを落ち着かせるように深呼吸を挟んだ。

「僕の記憶はそこで一旦途切れています。次に意識を取り戻したとき、周りには教会の聖騎士が大勢いました」

「聖騎士が？　どうして？」

「森の奥で凄まじい爆発のようなものがあったと、周辺の人里から教会に通報があったそうです。そして派遣されてきた聖騎士の一隊が血塗れで茫然となっている僕を発見して、話しかけたということです」

「……そのときのお母さんの状態を聞いてもいいですか？」

たっぷり十秒ほど沈黙があって、ユノは答えた。

「【雨の大蛇】のときと同じです。肉片があちこちに散らばっていて、僕の手も服も悪魔の血で真っ赤に染まっていました。住んでいた家も粉々に砕け散っており、何か凄まじい力で破壊されたのは誰の目にも明らかでした」

「あなたは、自分がそれをやったと？」

「……信じたくはありませんが、それ以外に考えられません」

ユノはそれからも話を続けた。

森の周辺の人里には古くより【誘いの歌声】の伝承があり、教会の資料にも数度の出没が記録されていた。また、現場で採取されたユノの『母さん』の肉片を教会本部が調査したところ、間違いなく悪魔のものと判明した。


——そして、その悪魔の肉片は聖なる力で焼け爛《ただ》れていた。

この事実から教会は現場にいた少年《ユノ》に悪魔祓いの素質があると推察し、彼の保護と育成に努めた。かくして今の彼に至るというわけだ。

事件後の経緯を語り終えた後、彼は諦めるように言った。

「四散した母さんの肉片は、悪魔祓いだけが持つ聖なる力で焼かれていました。あの状況でそんなことができたのは、僕しかいないんです」

「その、たとえばですよ？　森の奥に通りすがりの悪魔祓いがやって来て、あなたのお母さんを手にかけたという可能性はないでしょうか？」

「そうですね……そんな偶然があるとは、あまり思えませんが」

ユノはただ悲しそうに微笑むだけだった。

まあ、そんな単純な嘘でどうにかなる問題ではないと分かっていた。

証拠や根拠が必要なくとも、説得力だけは欠かせない。

あまりにも都合のよすぎる架空の存在——通りすがりの正体不明の悪魔祓いなどをでっち上げても、ユノを慰めるための嘘だとバレバレだ。彼も本気でそんな存在を信じたりしない。

ここで順当に一連の話を解釈してみよう。

ユノの母は魂喰いをやめた『悪くない悪魔』だった。

しかし極限の飢えにより、食人衝動を理性で抑えられなくなってきた。

最期の日、彼女はとうとうユノの魂を狙った。力を振り絞って『歌声』を響かせ、彼の魂を狙ったのだ。

以降の記憶の空白についてはこう解釈してみよう。

魂を狙う『歌声』に晒《さら》され、ユノ自身の防衛本能が高まった結果、聖なる力の暴走を招いた。あるいは【誘いの歌声】自身が痺《しび》れを切らして、彼の血肉を啜《すす》ろうと直接的に襲い掛かってきた。それに対抗して自らを守るため、ユノが自身の力を暴走させた。

このあたりが妥当なところだろう。

おそらく教会本部も似たような事実認定をしているはずだ。ユノの『母』の善性については徹底的に全否定しているだろうが。

「メリル・クライン様……やはり、母を殺したのは僕なのでしょう？」

項垂れながらユノが呻《うめ》く。

前髪の向こうに覗いた瞳には、涙が浮いているようにも見えた。

「あの場で聖なる力を使えたのは僕しかいないんです。だからきっと、僕がこの手で」

「っし。事情は分かりました。ちょっと待っていてください」

講壇の上からびしっと掌を前に突き出して、私はその言葉を遮る。

ガキの泣き言などどうでもいい。何より大事なのは、私がこの悪魔の腹から生きて脱出することだ。

そのために私は、今しがた思いついた『順当な解釈』を一瞬で放棄した。

あんな救いのない話では、ユノがヘタレ小僧のまま終わってしまう。

だから想像して――見出すのだ。

救いのある物語を。それが嘘か真かはどうでもいいとして。

「……ユノ君」

しばらく考えた後、私はユノに切り出す。

「これから私が話す内容は、あなたにとって少し辛いものかもしれません。聞く覚悟はありますか？」

「……っ」

ただ都合よく彼を肯定するだけの話では、信憑性《しんぴょうせい》が足りなくなる。

残念ながら全員が笑顔でハッピーになれる物語を描くことはできない。

だが――

「ですが、これだけは絶対に保証します。あなたのお母さんが、間違いなくあなたを愛していたことを。そしてあなたに一切の罪がないことを」

私はいかにも聖女の娘らしく、堂々とした態度で正面からユノを見据えた。

怯《おび》えるように身を震わせていたユノだが、私の言葉にこくりと頷く。

彼も覚悟を決めた。

ならばと私は、用意した言葉を紡ぎ始める。

「あなたのお母さん【誘いの歌声】を死に追いやったのは――あなたです。ユノ君」


直前の私の無情な宣告に瞳を揺るがせたユノだったが、

「まず最初に確認です。あなたは今、何歳ですか？」

動揺の隙も与えぬようすかさず問いを放つと、彼は躊躇いがちに答えた。

「出生の記録がないので、正確には分かりません。一一歳か一二歳程度かと思います」

「では、教会に保護されたのは何年前ですか？　それは記録があるでしょう？」

「六年前でしたが……」

うんうんと私は頷く。

彼は【誘いの歌声】に育てられたため、ほとんど言葉を解さない子供だったという。それが今ほど流暢《りゅうちょう》に喋れるようになり、読み書きまで覚え、悪魔祓いとしての修練も積んだというなら、最低でもそのくらいは経っているはずだ。

「だとすると明らかにおかしい点があるんです」

「おかしい……？」

「ええ、あなたが一二歳として、六年を遡ると保護当時は六歳だったことになります。そうだとすると――」

当惑するユノに、私は告げる。

「当時のあなたに体力がありすぎるんです」

言われたユノはきょとんとした。意味を理解しかねているのだろう。

私は懇切丁寧に、矛盾点を説いてやることにする。

「弓矢を使って鹿を仕留めたことがあるといいましたね？　まず、子供の腕力でまともな弓を引くなんてことはできません。見事に鹿を射抜くなんて不可能も不可能です。さらに食料調達の際、一杯になった食料籠を背負って、森の中を走り回ったそうですね？　これも六歳児にできることとは思えません」

私は念押しのように指を立てる。

「もちろん、世の中には規格外の体力を持った子もいるかもしれません。だけどあなたはそうじゃありません。悪魔祓いとしての聖なる力がなければ、足も遅いし無様に転ぶしで、同年代の子供と比べてもひ弱な部類なのは明らかです」

「……ですが、僕は嘘などついていません。あのころの僕はそうやって暮らしてたんです」

「ええ、あなたが嘘をついたとは思っていません」

そこから導き出せる結論は一つだ。

「あなたは当時から、聖なる力を無自覚なままに扱っていた。そのため子供にあるまじき身体能力を発揮していたんです」

私は堂々と言い放った。

実際のところ、これが事実かは分からない。もしかするとユノの母が作った弓矢が特別な悪魔の力を宿していたかもしれないし、なんなら当時の彼が火事場の馬鹿力を発揮していた可能性も捨てきれない。

だが、今はそれっぽいことを主張できればそれでいいのだ。それがそのまま、この後の説得力に繋《つな》がる。

「そうだったとして、それが何か関係あるのですか？」

「もちろん。非常に重要です」

私は今回の任務への出発前、母と話した内容を思い出した。

実家に強く結界を張ると白狼が死んでしまうから、そう強力な結界は張れない――母はそう言っていた。悪魔と悪魔祓いが共存するためには、それなりの配慮がいるのだ。聖なる力で悪魔を傷つけてしまわないよう。

「あなたが聖なる力を身に纏っていたなら、それはお母さんにとって致命的なことです。たとえば日常生活で手が触れ合う、それだけのことでも悪魔にとっては『焼けた鉄に手を触れる』のと同様の苦痛を伴ったことでしょう」

「……待ってください」

ユノは耐えかねたかのように異論を挟んだ。

「母さんはそんな素振りを見せたことなんか……」

「そりゃあそうでしょう。我が子を心配させたくないでしょうから、死に物狂いで隠し通したと思いますよ」

私は素知らぬ顔で平然と返す。

真相は知らない。だが、私がこの話の中で都合よく仮定する『ユノの母だった悪魔』はその程度で音を上げる存在ではない。そうでなくては困る。

「そうして考えると、あなたのお母さんが床に臥せった理由も見方が変わってきませんか？」

「それは、どういう……」

「たとえばうちの犬っころ……狼さんですが、適当に生ハムなんかをあげるだけでピンピンしていいます。それに【雨の大蛇】を思い出してください。あれだけ大規模に気象を操る凄まじい力を持ちながらも、村人たちが捧《ささ》げていたのは多少のネズミに過ぎませんでした。悪魔というのは、本当にそこまで飢えに弱いのでしょうか？」

教鞭を垂れるように私は語る。

もちろんこの推論にも根拠はない。白狼は母曰《いわ》く動物ベースの悪魔らしいし、【雨の大蛇】は日頃から信仰を得ている存在だ。純粋に忌むべき悪魔とされる【誘いの歌声】とはそもそも性質が大きく違う。単純な比較ができない以上、ほとんどただのハッタリだ。

だが、そうした些事《さじ》は敢えて思考の外に追いやった。

聖女の娘メリル・クラインとして威厳あるように立ち振る舞い、有無を言わせぬ迫力を出すために。

「あなたのお母さんが衰弱したのは、飢えのせいではありません。あなたと一緒に暮らし続けたため、あなたの聖なる力に身を焼かれてしまったんです」

「そんな、馬鹿な」

ユノは混乱気味に叫んだ。

「そんなことがあるわけないでしょう！　触れただけで身を焼くような子供を、身近に置いて育てる必要がどこにあるんですか!?」

「その理由は、あなたが一番よく分かっているでしょう」

この世のどこを探しても、そこに合理的で論理的な理由など見つかりはしない。

だから存在し得るのは、非合理的で非論理的で、感情的な理由だけだ。

「あなたのことが大好きだったからですよ。身を焼かれてでも、一緒にいたいくらい」

ユノは言葉を失ったかのように喉を詰まらせた。

その隙に私は根拠もない話を続ける。

「たぶん、あなたのお母さんは嬉しかったんだと思います」

「嬉しかった……？」

「『歌声』を聞いても、あなたが死ななかったことが」

もともと【誘いの歌声】は、苦しむ子供に安息の救済を与える悪魔だ。歪んだ形とはいえ、悪魔が抱いていたのが子供に対する庇護《ひご》の感情なら、事態の見方は少し変わってくる。

「それまであなたのお母さんは、苦難にある子供に『歌声』を聞かせて死という安息を与えてきた。しかし、そこにあなたが現れた」

【誘いの歌声】の歌声を聞いた子供は、魂を抜かれてやがて死に至る。だが、聖なる力を纏ったユノは悪魔の力に耐性がある。『歌声』を聞いても魂を抜かれることなく、ただ美しい歌に無邪気な笑顔を見せたことだろう。

「私が思うに——あなたのお母さんは、あなたを拾ったことがきっかけで自我を芽生えさせたのではないでしょうか」

ただ機械的に、子供たちに死という安息を与え続けていた悪魔。

——そんな悪魔が出会ったのだ。

自らの『歌声』を心から喜んで、笑顔を見せてくれる赤子に。

それはきっと、悪魔の心にすら何かをもたらしたに違いない。

「それならば……メリル・クライン様。僕はやはり母を弱らせ、最後にはこの手で引き裂いてしまったと……」

「違います」

思いつめた様子のユノの言葉を私はすぐに否定した。

目を見開く彼に、私は告げる。

「あなたのお母さんは、自ら命を絶ったんです。おそらくは最後の力を振り絞って」

悪魔たる【誘いの歌声】は、音波を砲撃のように放つことができた。

あの攻撃をたとえば、空洞《くち》から外に放つのではなく、自らの体内に向けて逆流させればどうなるだろうか。身体の内側から爆散して、ちょうどユノが見た惨状のようになるのではないか。

「自ら……？　なぜ母さんがそんなことを……」

これが真実である保証はない。あくまで私のホラ話だ。

だが――どうかこれが真実であって欲しいと、僅かに祈りながら言う。


「証拠隠滅のためです」


過去のあらましに架空の登場人物を出しても説得力を失うだけ。ならば、最初から犯人の候補は二人しかいなかったのだ。

森で暮らしていた二人。すなわちユノか、『母』自身か。

最初、私は『飢えに負けて理性を失う前に、自ら命を絶った』という筋書きを想定していた。

しかしユノの『母』の遺体は、聖なる力で焼け爛れていたという。これを無視して話を進めるのはあまりに無理がある。

とはいえ最終的な死因がユノであってはならない。私の目的は真相究明ではなく、彼の罪悪感の払拭なのだから。

いっそ、死体が跡形もなく消し飛んでいればよかったのに。

一連の話を聞き終えた後、正直私はそう思った。

そうすれば聖なる力で焼かれていた痕跡も見つからず、ユノの罪を否定しやすかったのに
——そこで唐突に閃《ひらめ》いたのだった。

ユノの『母』も同じことを考えていたのだとしたら？

思い至った瞬間、新たな筋書きが脳裏に浮かび上がった。

単なる『理性を失う前に自殺』説では、なぜあそこまで壮絶な自殺をしたのか理屈が付けられない。

だが、ユノの『母』が私とまったく同じ考えを抱いていたなら、そこには明確な動機が生まれることとなる。

「証拠隠滅……？　いったい何の証拠を隠そうと？」

「あなたの力に焼かれて衰弱したということを、です」

そうして私は、この結論に辿り着いた。

たった一つ、都合のいい前提を仮定するだけでよかったのだ。

ユノの『母』も私と同じく『彼《ユノ》の罪悪感の払拭』こそが目的だったと。

「衰弱したあなたのお母さんは死期を悟りました」

私は都合よく想像した【誘いの歌声】の心に感情移入し、その真意を代弁する。

「あなたは成長して、無自覚ながら聖なる力を扱えるまでになっていた。先に自分が死んでも心配はいらない。いつか将来的には自ら森を出て、人間社会に戻る日も来るかもしれない――ですが、いつかあなたが世に出れば否応《いやおう》なく気づくでしょう。育ての親が『普通の人間』ではなかったことに」

額に汗を浮かべて私を凝視してくるユノ。

私は真正面から彼を見据え、続ける。

「そしてあなた自身もまた『普通の人間』ではないことに気づくはずです。なんせ常人離れした身体能力があるわけですから。悪魔祓いの素養があるとすぐに判明するでしょう」

さて、と私は指を立てる。

「育ての親の正体が『悪魔』だったと判明し、同時に自分自身が『悪魔祓い』の力を持っていたとも判明する。そこで『原因不明の衰弱』で親が亡くなった過去を振り返ってみたら、普通はどう考えるでしょう？」

「……僕のせいで」

「ええ、そうです。そのとおりです」

私は大きく頷いて、びしりと指をユノに向ける。

「将来的にあなたがそうやってウジウジ悩みこんでしまうことが、お母さんの唯一の心残りだったんです」


――いつかこの子は、私の死の理由を悟ってしまう。

――そうなれば酷く悩んで、悲しむだろう。

――そうなって欲しくはない。


「明らかに異形の見た目だったため、悪魔だったことは誤魔化せないでしょう。ですが、あなたのお母さんはなかなか策士だったんです。さてユノ君、どうしてこれまであなたは、お母さんが衰弱した本当の理由に気づかなかったんだと思います？」

「……当時の僕がまだ、聖なる力を扱っていた自覚がなかったので」

「それもあるでしょう。ですが、最期の日のお母さんの演技で見事に印象付けられたんですよ。お母さんは『飢えていた』と」

悪魔の良心を前提としただけで、立て板に水で推測が紡げる。

ユノの『母』は、自身が息子ユノのせいで弱ったと決して悟らせたくなかった。そのために衰弱の理由を別に用意する必要があったのだ。

「あれは演技……だったのですか？」

「あるいは自決のために、少しでも体力を回復させる必要はあったのかもしれません。それに何より『もっと食料を取ってきて』という名目で、あなたを遠くに避難させる思惑もあったでしょう。そうでないと自決に巻き込んでしまうので」

病床に臥せっている状態でユノに『遠くへ行け』と伝えても、彼は決して応じなかっただろう。だが食料を欲しているという素振りを見せれば、彼は絶対に森へと向かう。

自決に巻き込むおそれのない、安全な場所へと。

「もっとも、あなたのお母さんにも誤算はありました。教会の分析能力が思った以上に優れていて『聖なる力によるダメージ』を受けていたことが肉片からバレてしまったこと。また、それ以上に大きかった誤算が――あなたが想像以上に早く、食料調達を終えてしまったことです」

「食料調達……？」

ユノは私の言わんとするところを理解できず、ただ困惑していた。

まあそうだろう。あまり大したことのないように思えるが、

「あなたは『いつもよりやる気に満ち溢れていて、身体が軽かった』と言いました。お母さんの回復を期待する精神的な高揚が反映されて、身体能力も高まっていたのではないでしょうか」

「そうかもしれませんが……」

「あなたのお母さんは、決してあなたを自決に巻き込みたくなかったはずです。だからあなた

が家を出て、それなりに遠くに離れたころだと推測してから自決を決行した。しかし、その頃にはもう、あなたは家の近くまで戻ってしまっていた」

だから――

「あなたが気を失ったのは力を解放したせいじゃありません。お母さんの自決――悪魔の力を用いた自爆の余波に巻き込まれて、ただ普通に気絶してしまっただけです」

これなら何の前触れもなくユノの記憶が断絶していることにも説明がつく。

まさしく音速の衝撃波で意識を刈り取られたのだから。

「自決直前に響いた美しい歌声は、きっとあなたへの最後の別れのつもりだったのでしょう。それが結果的にはあなたを呼び寄せてしまったので、それも失策といえば失策です」

「しかし……メリル・クライン様」

私の述べたホラを、未だ信じがたいといった感じでユノは頭を押さえている。

「それでは僕が血塗れだった理由はどうなるんですか？」

「最初は、たまたまだと思っていました」

「……たまたま？」

「ええ。四散したお母さんの血や肉が、偶然あなたに降りかかったのだと。だけど違いました。もっと簡単に説明できます」

ユノだけがピンポイントで血塗れになるような偶然がそうそうあるとは思えない。

だからそれは、決して偶然などではなく。

「あなたが自分の手で拾い集めたんです。お母さんの遺体の欠片《かけら》を。きっと、助けようとして」

私は靴を鳴らして一歩ずつ講壇から下りる。

「これは私の想像ですが、まったく根拠がないわけではありません。まず、教会が聖騎士を派遣するのにどの程度の日数がかかるか知っていますか？」

ユノは答えられそうもない。

私は白狼の事件の際のドゥゼルの言葉を思い出して、鼻高々に言う。

「とある田舎の悪徳神父曰く『とても一日や二日で呼べるわけがない』とのことでした。つまりあなたのお母さんの死から聖騎士の到着まで、どんなに少なく見積もっても数日は経っているはずです。さらに――」

次に私は【雨の大蛇】の事件を思い出す。

「あなたは滝壺に棲んでいた【雨の大蛇】……の一部を倒した際、しばらくしてすぐに下山したそうですね？　それはつまり力を解放して自我を失っても、意識を取り戻すのにそう時間はかからないということです」

この二つを並べて考えると、そこには一つの疑問が生じる。

ユノは『暴走して母を殺してしまい、目を覚ましたときには聖騎士に囲まれていた』と思い込んでいたようだが――

「聖騎士が到着するよりずっと前に、あなたは目を覚ましているはずなんです」

私はユノの眼前で立ち止まり、自信満々に腕組みをしてみせた。

自決の爆発に巻き込まれて気絶したにせよ、力を解放して意識を失ったにせよ、どちらにしたってその日のうちには目を覚ます。ユノが聖騎士の到着までずっと意識を失っていたというのは考えづらい。

「一人でいた間の記憶がないのはそう不思議ではありません。バラバラになった母親の肉片があちこちに飛び散っている状況で、まともに正気を保っている子供の方がおかしいです」

「しかし……メリル・クライン様。その間に僕が母さんを助けようとしたなんて根拠はどこにあるんですか。そんなこと、誰にも分かるわけ……」

「ええ。単なる憶測です」

そこで私はあっさりと認めた。

これればかりはしょうがない。空白の時間にユノが何をしていたかなんて、彼が記憶を取り戻さない限り誰にも分かるわけないのだ。

だけど、それでも――

「あなたがお母さんをその手で引き裂いたのか、それとも必死に助けようとして遺体の欠片を拾い集めたのか。ユノ君。どちらが真実だと思いますか？」

「それは……」

あるいは一瞬、ユノは後者を選びたい誘惑に駆られたのかもしれない。

だが、自らを戒めるように彼は大きく頭を振った。

「どちらでも変わりません。母さんが自ら死を選んだのだとしても、その死を招いたのは僕の力のせいです。だから母さんを殺したのは、どうあれ僕に違いないんです」

私は眉根に皺を寄せた。

本当に面倒臭いガキだ。だから敢えて、私は彼の眉間を軽く小突いた。

「っ！」

「そうやって無駄に意固地になるところがあるから、お母さんが心配してあんな死に方をしたんですよ。いい加減に親不孝はやめたらどうですか」

「し、しかし……」

「ええ。そりゃお母さんが死んだ原因はあなたかもしれません。でも、そこに罪なんてありませんよ。あなたみたいな危険物と一緒に過ごすことを選んだお母さんの自己責任です」

私はそこで意地の悪い質問を放つ。

「それとも。その選択を、お母さんが後悔しているとでも言いたいんですか？」

こう言われたら反論できまい。

ユノは震え、俯きながら拳を握った。

「……本当なのですか？　僕が殺したのではなく、母さんが自ら……僕のために……」

「少なくとも私の直感はそう告げています」

私はえっへんと胸を張って大ボラを吹いた。

直感どころか、この話は一から十まで完璧な作り話なのだが。

だが、一つだけ本音で言えることがあった。

心の底から。確信を持って。

「そもそもユノ君。普通に考えてみてくださいよ」

「……？」

「あなたみたいな子が、お母さんを殺せるわけないでしょう。大好きだったんですから」

ごく当たり前のことを言って、あっけらかんと私は笑う。

たとえユノがどんなに暴走して理性を失っても、それだけはできないはずだ。

きっと彼はそういう感じにマザコンをこじらせたガキだと思う。そうでなければ、ここまで事態がややこしくなっていない。

「……メリル・クライン様」

ずいぶんと長い静寂の後、ユノがゆっくりと立ち上がった。

「そのお言葉を信じてみても……よろしいでしょうか」

「そりゃあもちろんです」

私はまったく迷うことなく、自信たっぷりに頷いた。

「私は誉れ高き聖女の娘《はは》、メリル・クラインです。この世で私を信じずして、いったい誰を信じるというんです？」

そのとき。

ユノの瞳にほんの僅かながらも——力強い光が宿ったのを、私は見た。


『————————！！！！！』

形容しがたい奇声が聞こえた瞬間、白狼は小屋を飛び出した。

見上げるのは上空。鉱山のちょうど真上ほどに、雲隠れしていた【誘いの歌声】が姿を現していた。

骨ばった長い腕で自らの身を掻きむしるように暴れ、顔面の空洞からは耳障りな奇声を——

おそらくは悲鳴を発し続けている。

「やったようだな……娘よ」

「ええ。流石メリルちゃんだわ」

白狼に続いて小屋から出てきた聖女も、安穏とした顔で空を見上げる。

暴れ悶《もだ》えていた【誘いの歌声】はやがて、痙攣《けいれん》のようにガクガクとその身を震わせ始める。


「みんな、無事に帰ってくるわ」


その言葉と同時、悪魔は大きく身をのけぞらせ、空洞《くち》から無数の光球を吐き出した。

解き放たれた光球――魂は自由を喜ぶように宙を舞い、その多くが子供たちの並べられていた小屋の中へと飛び込んでいく。

白狼がその様を見届けた、ちょうど五秒後。

「ママぁ――――――っ！！！！！！」

小屋の中からメリル・クラインが飛び出してきた。

流石だ、と白狼は唸る。

意識を取り戻してすぐに状況を把握し、こちらへ戦線復帰してくるとは。やはり並の状況判断能力ではない。本当に大した娘だ。

「喰らえぇぇえっ!!」

しかし、そこでメリル・クラインは予想外の行動を取った。

母たる聖女に助走からの跳び蹴りを放ったのだ。

防御することもなく真正面からその一撃を胸に受けた聖女は、ごろごろと転がって地面に倒れる。


——何をやっている？


白狼は理解が追いつかなかった。

本気で争っているわけではないのは分かる。メリル・クラインと聖女が互いに全力でぶつかりあえば、その衝撃だけでこの辺り一帯が更地になるはずだ。

だがこの状況で、じゃれ合いのような喧嘩《けんか》ごっこをする意味も分からない。

白狼が真剣に悩んでいる間に、聖女がむくりと身を起こした。

もちろんあんなヌルい攻撃などまったく効いていない。

「おかえりなさいメリルちゃん～。元気そうで嬉しいわ～」

「ええ！　おかげさまでこのとおり！　とっても元気ですとも！」

服についた土埃を払ってヘラヘラと笑う聖女に、摑みかかるような勢いで吼《ほ》えるメリル・クライン。

「……成る程な」

そこで遅まきながらに白狼は察した。

メリル・クラインは母に対して「心配ありません。私はこんなに元気です」とアピールしているのだろう。なんせ悪魔の腹に自ら飛び込むという無茶をしたのだから。

（まあ、あの聖女がそこまで心配していたとも思えんが……）

そう思った後、白狼はふんと鼻息を吹く。

「無論、我も心配などしていなかったがな」

敢えて声に出して呟く。

聖女をも超える聖女たるメリル・クラインが、こんなところで不測の失態を晒《さら》すなどあり得ないことだ。

「見事だ、娘よ。首尾よく悪魔に一服盛ってやったのだな」

母親とじゃれ合うメリル・クラインの傍に白狼も歩み寄る。

上空に浮く【誘いの歌声】は魂を吐き出した後も未だふらついており、ダメージは大きいようだった。

白狼に振り返ったメリル・クラインはなぜか若干気まずそうに視線を泳がせ、

「え、ええと？　それは後進の育成のためにユノ君に任せ……あぁっ!!」

と、そこで。

問いに答えている途中で、メリル・クラインは絶叫した。

「そうだ！　あのままユノ君が目を覚ましたら暴走しちゃうんだ！　ママ！　今すぐあの子をもう一回気絶とかさせて――」

「ねえメリルちゃん。落ち着いて」

聖女はそう言ってメリル・クラインの言葉を止めると、小屋の戸口を指差した。

「そんなことしなくても大丈夫そうよ？」

そこに立っていたのは悪魔祓いの少年――ユノ・アギウスだった。

白狼は背中の毛がぞくりと立つのを感じた。悪魔ゆえによく分かる。彼の身からは今、聖なる力が煌々《こうこう》と立ち昇っている。

「本当にありがとうございました、メリル・クライン様」

そう言ってユノは上空の【誘いの歌声】を仰ぐ。

弱っているようではあるが、悪魔がカチカチと嚙み鳴らす歯の音からは、明らかな怒りの感情が伝わってくる。こちらに対する敵意と殺気も。

「ユノ君。手助けは必要かしら？」

「――いえ。聖女様」

ユノが目を瞑り、己の胸に手を添えた。

「一人でやらせてください」

自分が嫌いだった。

いいや、今も変わらず嫌いなままだ。

たぶんこれから一生、この嫌悪感が消えることはないのだろう。

メリル・クライン様が語ったことが真実であろうと、そう簡単に割り切れるものではない。

「【誘いの歌声】よ。僕の声が聞こえますか」

ユノは空を仰いでそう言った。

母は言葉を解さぬ悪魔だったが、この悪魔は果たしてどうか。

反応は言葉ではなく、攻撃で返ってきた。

悲鳴のごとき咆哮《ほうこう》。【誘いの歌声】が空で吼えたかと思うと、辺り一帯に破壊が巻き起こった。

地面が抉《えぐ》れ、木々が薙《な》ぎ倒され、その破壊が子供たちの眠る小屋へと迫り――

「子供たちは私が護るから、こちらは気にしないでね？」

神々しい銀色の光が煌《きら》めいたかと思うと、小屋の周りに聖なる力の防壁が張られた。聖女様の奇蹟の力だ。

「感謝します」

ユノは両脚に力を込める。

途端に、炎のような紅光が脚に纏わった。ユノの持つ聖なる力だ。

聖女様の力と比べれば単純で荒々しい。おそらく結界のように何かを護ったりするのには向かず、他人を癒やすこともできない。ただ何かを傷つけて壊すためだけの力だ。

紅光が燃え盛る。

ユノは上空の【誘いの歌声】を見据えて、言葉を続ける。

「……子供たちの中には、あなたに救われた者もいるのかもしれません」

坑道に潜らされ、使い捨てられた子供たち。

この【誘いの歌声】がいなければ、彼らの存在は誰にも知られることなく、闇から闇へ葬られていただろう。

「ですが、あなたはもう邪悪な人喰らいの悪魔と成り果ててしまった」

しかしユノは悪魔の腹の中で、何の罪もない子供が消化されつつあるところも見た。

たった今も、聖女様の結界がなければ、幾人の子供が命を失ったか分からない。

「だから悪魔祓いとして僕は、あなたを討ちます」

宣告とともに、ユノは地面を蹴った。

轟音《ごうおん》と地響き。地に巨大なクレーターを穿《うが》って空へと跳んだユノは、砲弾のごとく一直線に【誘いの歌声】へ向かう。

『────！！！！』

そこに悪魔の迎撃が来る。
ユノを撃ち落とさんと、またしても音波の砲撃が放たれる。
ユノは脚に纏っていた紅光を、瞬時にその両手へ移した。
そして音の砲撃を――摑んだ。
「あああぁあぁあああっ！！！！」
猛獣のように叫び、ユノは音の砲撃を引き裂いた。
何も護れない、何も癒やせない力だからこそ、本来なら壊せないものすら壊せる。
力の使い方を知っていたわけではない。だが、その扱い方が本能的に理解できた。
（――僕はずっと、この力で戦ってきたから）
これまで悪魔祓いとして、数多くの悪魔を討ち取ってきた。
記憶にはなくとも、その経験が身体に染みついている。
空を蹴って加速。
直上の【誘いの歌声】に迫る。
「悪魔よ、悲しき悪意の代行者よ」
ずっと、悪魔と戦うことが怖かった。
自分が傷つくことではなく、悪魔の命を絶ってしまうことが。
もしも母さんのような『悪くない悪魔』がいたとしたら？

それがたまらなく恐ろしかったから、正気を放り出して、ずっと見ないようにしていたのだ。

自分の戦う姿を、悪魔の最期を。

今だって少し怖い。

目の前の【誘いの歌声】は本当に悪意だけの存在なのか。子供たちを無差別に襲い始めたのは『食べたい』というだけなのか。貧しい子供を虐げて栄華を誇るこの炭鉱街《ルズガータ》に破滅的な義憤を燃やした末、こんな凶行に走ったのではないか。

そう考えてしまうと、前のように正気を手放したくなる。

「あなたに安らかな眠りを。あなたが子供たちに、それを与えたように」

だけど、もう逃げないと決めた。

ユノを脅威と判断したか【誘いの歌声】が、その姿をふいに掻き消した。

本当に消えたわけではない。

能力でこちらの認識を狂わせ、逃走を図っているのだ。

「僕はこの罪を――」

ユノの手の中で紅光が輝く。炎のように揺らいだ後、象《かたど》られるのは弓矢の形だ。

悪魔の姿は見えない。しかし、それは必ずどこかにいる。

弦《つる》を引き絞って、決意とともに呟く。

「――忘れません」

矢が奔《はし》った。

空を裂くような赤い軌跡。変幻自在に飛んだ矢は、ただの一瞬で見事に悪魔の胸を貫いていた。

聖なる力に身を焼かれた悪魔が、灰となって空に還《かえ》っていく。

力を使い切って地上へ落下しながらも、ユノはその光景から目を逸らさなかった。

悪魔《はは》への思慕を抱えて悪魔祓いを続けるのは、きっと辛いだろう。

それでも、目標を見つけたのだ。

いつの日か。

あの日の自分と母のような、不幸な結末に辿り着きかねない人間と悪魔がいたとき、それを救えるような人間になりたいと。

人間だけではなく悪魔すら救ってしまうような、そんな悪魔祓いになりたいと。


――僕を救ってくれた、メリル・クライン様のような。


母はどう思うだろうか。

心配するだろうか、それとも応援してくれるだろうか。

悲しき悪魔が燃え尽きるのを見届けた後、ユノは眠るように目を閉じた。

「まったく……まだ帰れないなんて」

ルズガータの宿場の一室で、私は苛立ちながら菓子と茶を貪っていた。

悪魔の討伐という当初の目的はユノの手によって達成された。しかし、これから教会が査察に乗り出し、街のお偉方を人身売買や強制労働の罪状で摘発するのだという。

母がその引き継ぎを終えるまで、私たちも帰れないのだそうだ。

「娘よ。聖都に帰りたいなら、貴様だけでも駆け行けばよいのではないか？」

そんな私の横で、干し肉を齧《かじ》りながら白狼がとんでもない提案をしてくる。

「貴様の足ならここから聖都まで瞬く間であろう。面倒事はあの死神に任せ、一人帰っても誰も文句は言うまい」

「え、ええと！　そうしたいのは山々ですけど……ほら！　ユノ君がまだ心配ですから！」

そんな言い訳をして、私は部屋に備え付けの寝台を指差す。

そこで穏やかに眠っているのはユノである。

なんと彼は悪魔を討伐した直後、空中で意識を失ってしまったのだ。母が即座に回収したからよかったが、そうでなければそのまま落下死していたかもしれない。

母曰く『ペース配分がまだ全然ダメね～』ということだった。

まったくである。貴重な悪魔祓いが一人でも減れば、すなわち私の負担増に繋がるのだ。もっとそのあたりを自覚して、無謀な戦い方は厳に慎んで欲しい。

「……ん」

そのとき、寝台で眠っていたユノが動いた。

正直そこまで心配はしていなかったが、白狼に適当なことを言った手前、私は素早く椅子を寝台のそばに移す。

「目が覚めましたか？　ユノ君」

「……メリル・クライン様」

「お疲れ様でした。なかなか見事な働きぶりだったと褒めてあげましょう。ですが、今後はもっと自分の身も案じて戦うように」

私がそう注意すると、ユノは浅く頷いた。

「申し訳ありません。意識して戦ったのは初めてだったので……未熟なところをお見せしてしまいました」

「いえいえ、分かればいいんです」

私は鷹揚《おうよう》に頷いてユノに微笑む。

それから、菓子と紅茶のポットを載せたティー・テーブルを寝台の横に引きずってくる。

「まずは温かいお茶を飲んで身体を休めましょう。それが一番です」

「……その、メリル・クライン様」

「はいはい。口答えは後でいいですから」

私は手早くポットから紅茶を注いでユノに手渡してやる。

無論、無償の親切心でこのガキに優しくしてやっているわけではない。

ユノは悪魔祓いの力をコントロールできるようになった。つまり、使える人材になったということである。

ここで恩を売っておけば、将来的に私が窮地に陥ったとき、その力で助けてくれるかもしれない。とりあえず優しくしておいて損はない。

ユノに無理やり紅茶を飲ませ、私もその脇で自分のカップに紅茶を注ぐ。

それから私は、彼に話を促した。

「で、何ですか？　まだ何かウジウジしているんですか？」

「いえ。たった今――母さんが夢に出てきたんです」

私は「なんだそんなことか」と思う。

あれだけ過去のトラウマを掘り返したのだ。そりゃあ、夢の中に故人が現れもするだろう。

しかし私はそんな本心を表に出さず、慈愛に溢れた笑顔でガキの戯言《たわごと》に付き合ってやる。

「そうですか……それは大変素晴らしいですね、ユノ君。きっとあなたのお母さんも、あなたの成長を喜んでいたことでしょう」

「ええ……」

ユノはそう言うと、恥ずかしそうに微笑んだ。

「輪郭のぼやけた姿でしたが……それでも母さんは母さんでした。僕のことを『心配する』けど『応援する』と、言ってくれたんです」

そう言いながらユノは、大げさな身振り手振りを繰り返した。

きっと、ユノが母との対話に用いていたジェスチャーなのだろう。子供が親との思い出を振り返るようで、その仕草は微笑ましくすらある。

しかし、そこでユノは微妙に表情を曇らせた。

「あっ。ですが、その……夢の中でなぜか母さんが、少し不可解なメッセージを残しまして……」

「ふふ。どんなメッセージだったんですか？」

私は紅茶を啜りながら、ガキのくだらない夢話に付き合ってやる。

どうせ夢なのだから、整合性の合わないことなんていくらでも――

「……メリル・クライン様のことを『腹』『黒い』と」

「んゲフォっ！！！」

私は紅茶を思いっきり噴き出した。

ユノは私のことを盲信しているから、私の『腹が黒い』などという事実を夢にも思うまい。

まさか――

私は額に汗を浮かべながら周囲を見回す。

見ているのか。ユノの母たる悪魔が。死してなお我が子を護ろうと、私のことを牽制《けんせい》してきているのか。

背筋が一気に寒くなる。もし私がこの先ユノのことを利用しようとしたら、何か変な災いに見舞われるのではないか。

「母さんがメリル・クライン様のことをそんな風に言うはずがないでしょうから、やはりただの夢だったのでしょうか……？」

「ユノ君」

私はがっしりとユノの両肩に手を置く。口の端から紅茶を垂らしつつ。

「それはあなたのお母さんが私に託した、非常に複雑かつ暗号めいたメッセージです。私にはその本意が伝わりました。ですので、疑う必要はありません。存分に温かな思い出に浸っていてください」

そう伝えると、ユノはぱっとその表情を明るくした。

一方、私は「お願いします許してくださいあなたのお子さんを利用とかしませんからたぶん」と心の中で繰り返しながら挙動不審に周囲を見渡していた。

だから、ユノがその後に言った言葉を、ほとんど聞いていなかった。

「やっぱり、そうですよね。だって母さんは最後に『ありがとう』とも言っていましたから」


「くそ！　貴様ら……最初からこのつもりだったのだな!?」

床に押し倒された街の幹部どもが、ダミ声でそう喚《わめ》く。

ルズガータの街の中心部にある迎賓館。今晩ここでは、聖女の歓迎式典が催されるはずだった。教会の最高権力者である聖女に謁見し、あわよくば縁故《コネ》の一つも作ろうと考えた街の幹部は雁首《がんくび》揃えて集まり——なだれ込んできた聖騎士によって、見事に一網打尽とされた。

児童労働の件は、現場の末端に全責任を押し付けて、何人かに首を括《くく》らせれば片付くと楽観的に構えていたのだろう。教会もずいぶんと舐《な》められたものだ。

罵詈雑言《ばりぞうごん》を並べ立てて騒ぐお偉方を見ても、聖女は特に何の感想も覚えなかった。見慣れたいつもの光景である。

「聖女様。拘束完了いたしました」

「ご苦労様。後は任せてもいいかしら？」

「了解しました」

隊長格の聖騎士は素早く敬礼してから、部下たちに指示を飛ばして街の幹部陣を連行していく。

彼らが問われる罪は『強制労働』や『人身売買』だけではない。最悪の罪である『悪魔を召喚した罪』も上乗せされることだろう。まず極刑は免れまい。

そんな行く末を察しているのだろう。

聖騎士に引き立てられる幹部連中は、血走った形相でこちらを睨んでいた。

「それじゃあ皆様、ごきげんよう」

そんな彼らに、聖女は美しく微笑んで背を向ける。

迎賓館の外に出ると、夜の空気が冷たかった。

いくら悪魔が討伐されたといえど、まだ街の雰囲気は暗い。炭鉱街なのだから酒場などは繁盛するはずだろうに、どこもかしこも明かりが消えている。

そんな夜道を歩いていると、ふと白い影が脇道から現れた。

「――ずいぶん派手な『引き継ぎ』だったようだな」

白狼だった。

まさか悪魔が出迎えにやってくるとは思ってもみず、聖女は苦笑を漏らす。

「あら狼さん。お迎えに来てくれたのかしら？」

「ふん、貴様がキナ臭い企《たくら》みをしてないか探りに来ただけだ」

「それは困るわぁ。悪いことができないわね～」

聖女は茶化して、宿場に向かう白狼と足並みを揃える。

「悪いこと、か。さきほど聖騎士どもの会話が漏れ聞こえたのだが――『教会がこの炭鉱を接収する』と聞こえたぞ」

ぴくぴくと耳を動かしながら白狼がそう言った。

さすが獣の悪魔だ。単純な五感の鋭さにかけては、こちらを遥《はる》かに凌《しの》いでいる。

「接収だなんて人聞きが悪いわね。この炭鉱に出資していた商家が『現地での非道を見抜けなかった贖罪《しょくざい》として、炭鉱の全権利を教会に譲り渡す』と自ら申し出てくれたのよ」

「だろうな。教会の匙《さじ》加減一つでその商家とやらも重罪に問える。炭鉱一つで手打ちにできるなら、喜んで差し出すだろう」

正解である。

まあ、実際は炭鉱の権利どころではない。今後、その商家は教会に対して一切頭が上がらなくなる。勝手に怯えて寄進――という名の上納金も弾んでくれるだろう。

「ねえ狼さん。悪魔があまり教会の事情に首を突っ込まない方がいいと思うけれど？」

「ならば我をここで消すか？」

聖女と白狼は足を止め、互いに鋭く視線を交錯させる。

が、聖女はくすりと笑った。

「いいえ。だってあなたはメリルちゃんのお友達だもの」

「……メリル・クラインはこのことを知っているのか？」

「あの子が知っていると思う？」

白狼はぷいと首を振った。

「あの娘はこんな手を好まん」

「そうよ。だからこれは大人の仕事」

止めていた足を再び前に動かす。一歩遅れる形で、やや警戒しながら白狼がついてくる。

「教会は悪魔の情報を独占してる。【誘いの歌声】が現れればそこに子供の死がある——そんな風に、悪魔を見ればその土地の抱える闇が見えるの。教会がどんな国にも商会にも勝る力を持っているのは、悪魔祓いを抱えているからというだけではなく、そういう情報の優位もあるのよ」

「……気に食わんな。凶悪な悪魔が発生する条件を知っているなら、公表してそもそも発生を予防すべきだろうに」

「大昔はそうしていたのだけど」

聖女自身も直接知っているわけではない。数百年も昔の話だ。

まだ黎明期《れいめい》にあった教会は、悪魔の発生条件についての知見を広く世に伝えようとした。だが、それはまったく受け入れられなかった。聞き入れられないどころか、弾圧を受けることすら珍しくなかったという。

「考えてもみて、狼さん。もともと【誘いの歌声】なんかは、飢饉の地で口減らしを『代行』してくれる存在だったの。それを発生させるなといったところで……受け入れられないでしょう？　だって【誘いの歌声】がいなければ、親は自らの手で子を殺さないといけなくなるもの」

「む……」

人々の悪意から生まれる悪魔は、ただの邪悪な怪物ではない。

邪悪な願いを叶えるために現れる、必要悪とでも呼ぶべき存在なのだ。もし彼らの発生を予防しようとするなら、その悪意を人間自身が実行しなければならなくなる。

「それにね」

そして何よりも、人々が事実を受け入れるためには、もっと大きな壁があった。

「『あの怪物はお前たちのせいで生まれた』なんて耳に痛いお説教を、誰も信じたくなかったのよ」

それから教会は方針を転換した。

悪魔とは例外なく邪悪な怪物であり、教会のみがそれを祓うことができる――と。

真実を削《そ》ぎ落として単純化したこの構図が、皮肉なことに多くの支持を得るに至った。

「でも私は、今の教会のやり方がそう間違っているとは思わないの。悪魔の出没を把握する情報網の構築にも、悪魔を倒すための戦力の維持にも、相応の費用がかかるわ。汚いやり方と言われても資金繰りは大事だと思わない？」

「我に金の話などされてもな」

「あら、ごめんなさい」

すたすたと先を行く白狼に軽く謝り、聖女は夜道を進む。

「……でもね、母親としては、メリルちゃんはこんな大人になって欲しくないと思うの。我儘《わがまま》かしら？」

「何をいまさら」

呆《あき》れるように白狼がため息をついた。

「あの娘は貴様のようにはならんさ。絶対にな」


……——十年も昔の話だ。

そのころの私は任務に明け暮れていて、自宅に帰るのは年に数日程度しかなかった。休もうと思えば休めたかもしれない。しかし私は、明確に自宅を——いや、そこにいる娘を避けていた。

愛していなかったわけではない。だが、私のように悪魔の死臭で穢《けが》れた人間が近寄れば、娘にもそれが移ってしまう気がした。

一時は娘を手放すことも考えた。

私の娘である以上、いつか悪魔に狙われる。ならば『メリル・クライン』という人間は不慮の事故で亡くなったことにして、別人として密かに養子に出すべきではないか、と。

しかし、名を変えた程度で狡猾な悪魔どもの目を誤魔化せるだろうか。そう考えると堂々巡りに陥ってしまい、結局何もできないまま、ずっと娘を結界の中に閉じ込めるだけだった。

哀れな子だ、と思っていた。

私のような化物から生まれ、数多《あまた》の悪魔からその命を狙われ。

私とて不老不死ではない。いつか私がいなくなったとき、この子はどれだけ悲惨な未来を迎えるのだろうか。

今は『メリル・クラインは聖女以上《わたし》の力を持つ』とあちこちで喧伝《けんでん》し、悪魔どもを牽制しているが、これもそう長くは保《も》つまい。

だから私は――任務に逃げた。

娘のことを見なくていいから。悪魔を殺せば殺すだけ、娘のために何かをしている気分になれたから。悪魔を根絶やしになんかできるわけないのに、自分ならそれができると言い聞かせて、毎日のように悪魔を殺し続けた。

そして娘の、四歳の誕生日が来た。

教会の誰かが気を利かせたようで、本部に赴いてもその日は『一件も仕事はない』の一点張りだった。さらに、たまたまその場に居合わせた親しい修道女に『酷い顔をしているから今日は休め』とまで言われてしまった。鏡を見たら、本当に腐った魚みたいな目をしていてなぜか笑った。そのまま三分ほど笑い続けていたら、修道女にビンタされて家まで強制連行された。

あのとき私は、おかしくなりかけていたと思う。

数ヶ月ぶりに自宅に帰って、私はやはり娘と会うことから逃げようとして、ふらふらと厨房に向かった。娘はまだ幼く、料理なんかはできない。厨房にいれば娘に見つかることはあり得ない。


——と思っていたが。


「せ、聖女様！　お帰りだったのですか!?」

娘には見つからずとも、炊事担当の使用人にはあっさり見つかった。

隠れもせず厨房の床で座り込んでいたのだから、当然といえば当然だ。

私は死んだ目で彼を眺めて、

「娘には言わないで」

とだけ言った。

使用人は一瞬「なぜ？」といった風に目を丸くしたが、やがて表情を明るくして頷いた。

「なるほど。つまり、メリル様への誕生日サプライズですね……!?」

「は？」

「となれば、こうしてはおれません！　より上等な食材を仕入れて参ります！」

そう言うと、使用人は市場へと買い出しに向かってしまった。

よく分からない解釈をされてしまった。

しかし――誕生日とは。

今となっては本当に恥ずかしいことだが、私はここで初めてその日が娘の誕生日だと気づいた。

顔を合わせるのすら辛いのに、パーティーに参加など冗談ではない。申し訳ないが『緊急の任務が入った』などと嘘の書き置きをして、適当に脱出しよう――そう思ったところで、微かに良心が痛んだ。

それはあまりに可哀そうか。

よく考えたら、これまで誕生日を祝ってやったことがあっただろうか。一歳のときも二歳のときも三歳のときも、任務で家を空けていたと思う。

（何か、お詫《わ》びくらいは残していこう）

書き置きを残して逃げる方針は変わらなかったが、せめてものお詫びを一緒に残すことに決めた。といっても、プレゼントになりそうなものは持っていない。

（……作るか）

幸い、ここは厨房である。

使用人は『買い出しに行ってくる』と言っていたが、食糧庫を覗いてみた感じ、十分にいろいろと揃っている。

修道院で暮らしていた子供の頃は、定期的に料理当番が回ってきたので、料理の経験はある。周りからも結構好評だったと記憶している。

誕生日ならば焼菓子《ケーキ》でいいだろう、と雑に決めた私は材料を厨房の上に並べる。小麦粉に砂糖、牛乳とバターに卵、などなど……

レシピを覚えているか不安だったが、動き出せば手が覚えていた。焼き型が見当たらなかったので円形の結界を張って生地を流し込み、加熱したオーブンに突っ込む。

生地が焼けるまでに牛乳とバターを攪拌《かくはん》してクリームを作る。これが私の一番の得意作業だった。なんといっても単純な力仕事だったので。

焼きあがった生地を火傷《やけど》治療の奇蹟の要領で強制的に冷まし、手早くクリームを塗りたくる。ここまで一時間もかかっていない。これなら使用人が帰ってくるまでに無事逃げられそうだ。

出来上がったケーキにドライフルーツをまぶして彩りを整えたところで——

——臭い。

私はそう思ってしまった。

ケーキから死臭がする、と。

途端に自分への嫌悪感が湧いた。

つい昨日まで悪魔を握りつぶしていたような手で、本気で我が子に菓子など作るつもりだったのか。

一瞬前まではそれなりの出来に見えていたケーキが、今や悪臭を放つ汚物としか見えなくなった。

己の愚かさに歯噛みした私は、ケーキに砂糖をぶちまけた。汚物を砂で埋める獣のように。

それでも臭いは消えなかった。

私はその場にあった香辛料の瓶を掴み、ケーキの上に振りまいた。鼻を刺すような刺激臭で、少しだけ死臭がマシになる。

香草、ビネガー、果ては魚醤《ぎょしょう》まで。ありとあらゆる匂いの食材を叩きつけてケーキを台無しにしてから、ようやく私は正気に戻った。

いや、そもそも最初から正気ではなかったのかもしれない。

ケーキの残骸を前に私は茫然と立ち尽くした。

やはり逃げよう。こんな物体の後始末を任せるのは申し訳ないが、こんな状態で娘の誕生日パーティーに追いやられてはたまらない。

そのとき。

「あっ！　ママ!!」

幼い声に、心臓が飛び出そうになった。

厨房の入口を振り返れば、そこには娘がいた。

「……どうして」

娘が厨房に立ち入ることなんてないはずだ。

それなのに、なぜ。

「ご飯のおじさんが言ってたの！　『絶対に厨房に近づいちゃダメですよお嬢様』って！　だから厨房に凄いものがあると思ったの！」

あの使用人。覚えてろ。給料減らしてやる。

「私の誕生日だから帰ってきてくれたんでしょ!?　そうでしょ!?」

無邪気な笑顔で娘は私の足元に縋《すが》りついてきた。

それにどう答えていいか分からず、私は目を瞑った。

やはりこの子は私の手元に置いておくべきではない。だが、人手に渡したところでこの子が無事に過ごせる保証もない。

どうすればいい。このままではいつか、この子は邪悪な悪魔どもに八つ裂きにされ、生きたまま喰らわれるかもしれない――

悩む私の脳裏に、悪魔のような発想が閃いた。

――それならば、いっそ。

――ここで私が。

――この手で。

悪魔などに嬲《なぶ》り殺されるようなら、その方が。

「あ、このケーキ！　ママが作ってくれたの？　すごい！　食べちゃお！」

私が最悪の発想に至った瞬間、娘がケーキだったものを食べた。

食べてしまった。

私の喉から「あ」と変な声が漏れた。

娘の喉から「ぽ」と変な声が漏れた。

ばたりと倒れた娘が、白目を剥いてガクガクと震え始める。息の音もおかしい。吐瀉《としゃ》物が喉に詰まっているようだった。

「メリルちゃん！　しっかり！」

私は反射的に娘の背中を叩き、喉につかえたものを吐き出させた。それから癒やしの奇蹟を施して、身体が受けたショックを回復させる。

「はっ！」

娘は無事に目を覚ました。

聖女の手にかかればこの程度、治療のうちにも入らない。それでも私は心から焦った。

「大丈夫……？　メリルちゃん」

「ママ」

そこで娘はものすごく真剣な表情になった。

「二度と料理しないで。いい？」

「……うん」

私は魂の抜けるような息を吐いた。

ああ。よかった、私はこの子を殺せない。

だってこんなしょうもないことで、こんなに安堵《あんど》してしまったのだから。

それから私は、結局娘の誕生日パーティーに出た。

娘にあんなものを食べさせてしまった負い目もあったし、逃げられるような状況でもなかった。

何を喋ってよいか分からず、終始ほとんど無言な私だったが、娘はそれでも機嫌がよさそうだった。

そして誕生日パーティーの最後に、娘は指を弾いて（音は全然出ていなかったが）こう言ったのだ。

「例《れー》のものを」

娘がそう言うと、口の軽い無能使用人が蓋付きの皿を抱えてきた。

テーブルに置かれ、蓋が外されると――

「ママ。これが本当のケーキというもの。私が作ったの。私が」

そこにあったのは、まともなケーキだった。

見た瞬間、娘が嘘をついていると分かった。ケーキの造りがあまりによく出来過ぎている。

私が使用人に視線をやると、帽子を外して苦笑していた。

（まあ、お手伝い程度はしたのかな……）

生地の出来に対して、クリームの塗り方だけはひどく雑だった。おそらく娘はそこだけやったのだろう。その程度の作業量で「私が作った」と臆面もなく主張できる面の皮の厚さは、我が娘ながら大したものだと思う。

「さあママ！　とくと味わえ！」

嬉しそうに娘は、フォークに刺したケーキの欠片を私の口元に運んできた。

拒むこともできず私はそのまま一口。

「どう⁉　美味《おい》しいでしょ！」

「……ええ、美味しい」

私がそう答えると、娘はえっへんと胸を張った。

「ふふん。さすが私。早くもママを超えてしまった……」

娘は自信満々だった。

この子はどうやら、本気で自分のことを聖女《わたし》以上の天才と思っているようだった。やっぱりちょっと可哀そうになった。

「だからね、ママ」

しかし娘は、私の内心など露知らずこう続けるのだった。

「ママが苦手なことは、私に任せなさい。私はママより天才だから、ママにはできないことだって余裕なんだから」


「覚えてるかしら、メリルちゃん」

ルズガータの宿に戻ると、既に娘は専用に確保した特等室で眠っていた。

月明かりだけが照らすその部屋の中で、寝台の傍らに座る聖女が、一人か細く呟いている。

「あなたのおかげで、私はまだ――」

聖女はしかし、その言葉の先を紡がない。

幸せそうに、それでいてどこか辛そうに、娘の寝顔を眺め続けている。

付章　その手は届かず

The Second Saint is a lamb amidst wolves

『物陰から青白い手が伸びてくるのを見たことはある？』

『たとえば棚と棚の隙間とか。絶対に人が隠れられないような狭い場所から、にゅっと手が伸びてくるの。死人みたいな青白い手が』

『もしもその手を見かけたら、すぐに逃げてね』

『だって、その手に指差されちゃったら――』


サラはひどく辟易《へきえき》していた。

人里離れた全寮制の女学院には、兎《と》にも角《かく》にも娯楽がない。そのせいで愚にも付かない噂話《うわさ》がよく蔓延《はびこ》ってしまうのだ。

美術室の絵画が表情を変えるとか。誰もいない寮の空き部屋からすすり泣く声が聞こえるとか。深夜零時に鏡台を覗《のぞ》き込むと未来の自分が見えるとか。

まったく噴飯物のあり得ない話である。

もちろんこの世には悪魔という忌まわしき存在がいることは知っている。だが、この女学院は教会が運営する神学校である。いわば神の御膝元《おひざもと》ともいえる学び舎《や》だ。そんな場所に悪魔が出没するなどあり得えない。

そんなこと、考えればすぐに分かるだろうに――

（本当にくだらない）

神学の講義を最前列で聞きながらサラは密《ひそ》かにため息をつく。

肩越しに目線だけで振り返ると、講義室の席は八割以上が空席だ。先月から歯抜けのように生徒が欠けていったのだが、ここまでくると完全に異常事態といえる。

きっかけはいつもの怪談じみた噂話だった。

誰もいないはずの物陰から手が伸びてくる。その手に指差されたら不幸に見舞われる。

怪談としてもさほど新鮮味はなかったが、なぜかこの『青白い手』の噂は瞬く間に広がった。そして『見てしまった』『指差されてしまった』と主張する生徒が相次いだ。

それだけならじきに誰もが忘れたろう。

だがそのうちの数人が、偶然にも相次いで怪我《けが》や病気に見舞われてしまったのだ。それで学院の生徒たちはちょっとした恐慌に陥った。

いきなり『指差された』と泣き出し始める者、ありとあらゆる隙間を目張りしようとする者、寮の自室で毛布にくるまって籠城する者まで出てきた。

学院もこの事態を憂慮し――というか呆《あき》れたのだろう。ほとぼりが冷めるまで、希望する者には一時帰郷を許した。

その結果がこの空席だらけの講義である。

娯楽のない生活に飽きて、刺激を求めて変な噂話を作って広めて。それでパニックを起こしてしまうなんて、滑稽な自家中毒というほかない。

「教会の信仰圏における平均寿命は他地域と比べて大きく伸びる傾向があります。これを神の加護と見做《みな》す風潮もありますが、その背景には多くの社会的要因が――」

これだけ生徒が欠けてしまうと、授業も新たな分野に進むわけにはいかない。復習という名目で教科の基本論を振り返るだけだ。退屈に思う生徒も多いだろう。

それでもサラは決して手を抜かない。

なんせ長年の努力が認められ、今年から寮長という大役を任じられたのだ。

講義が終わると、サラは駆け足で寮へと急いだ。

生徒の大半が帰省してしまったため、炊事や清掃の当番制があまり機能しなくなっている。上に立った者の責任として、率先して仕事をこなしていかねば。

今日の欠員状況を思い出し、どの仕事にヘルプで入るかを考えていると――

（あれ……？）

寮の真正面に見慣れない少女が立っていた。

じっと寮を仰ぎ眺めていて、彫像のように一歩も動かない。

地味な灰色の制服は間違いなく学院のものである。だが、その顔にまったく覚えがなかった。

もちろんサラとてすべての生徒の顔を完璧に覚えているわけではない。しかし大多数の生徒が帰省した今、残っている者の顔くらいは記憶している。

帰省していた生徒が戻って来たのだろうか？

それにしたって、寮の前でじっと立ち尽くしている意味が分からないが。

「そこのあなた？」

不審に思ったサラが声をかけると、少女はにこやかな様子で振り返った。

「どうもはじめまして」

深々とお辞儀をしてきたので、サラもつられて頭を下げる。

「本日付けで転校してきましたメリルと申します。どうぞよろしくお願いします」

「転校生？」

「はい。仲良くしていただけると嬉《うれ》しいです」

意外な自己紹介にサラは面食らった。転校生というのはなんとも珍しい。神学校においては集団生活も学びの一環と捉えているため、途中で学校を移ることはあまり推奨されないのだ。

「──ところで寮監のお婆《ばあ》さんをご存じありませんか？　入寮の手続きに来たのですが、管理室をノックしても誰もいないようで」

こちらが珍しがっていると、メリルと名乗った少女は気安く尋ねてきた。

「え？　ああ。この時間なら、たぶんどこかの畑ね」

寮の人手不足でサラが忙しいように寮監もまた忙しい。今日は下級生たちが畑の収穫をしているはずだから、監督がてら手伝っているのだろう。

「いいわ。私が代わりに手続きしてあげる」

「えっ、そんなことできるんですか？」

「私は寮長だから。寮監の代行権も持っているの」

「おお、そうなんですか。ではお言葉に甘えて」

実際、老眼で書類仕事が苦手になってきた寮監は、事務作業の大半をサラに丸投げしている。代わりに畑仕事や掃除などで奮闘してくれているから文句はないが。

「ついてきて」

サラはメリルを寮に招き入れると、預かっている合鍵で管理室に入った。書類受けを覗くと、案の定そこには学校事務からの書類が届いていた。新規入校生──メリルを寮生として推薦するという旨の内容だ。

形式上の手続きなので断るという選択肢はない。手早く受け入れの回答署名をして、返送用の書類受けに投げておく。

それから推薦書に同封されていたメリルの経歴書に目を移し、

「えっ!?」

思わず声が出た。

「どうかしましたか？」

「あ、あなた！　聖都の一番校にいたの!?」

教会が運営する神学校は、その設立順に番号が振られている。

すなわち数字が小さいほど伝統と格式ある名門校ということになるのだが、その中でも聖都に聳《そび》える『一番校』は特に別格の扱いだ。

入学を許されるのは名家の子弟か、厳しい入学試験を突破した一握りの神童のみ。単に教義や教養を学ぶ場というより、エリート層の養成所といった性質が強い。

「どうして!?　一番からうちに来るなんて前代未聞よ!?」

なんせサラの在籍するこの学校は番号でいうと四一番なのである。

どんな事情があってわざわざ転校などしてきたというのか。

「そうなんですか？　こっちの方が自然も多くて雰囲気がよさそうだと思ったんですけど」

が、当のメリルはきょとんとした顔でそう返してきた。

自然が多い？　雰囲気がよさそう？　そんなことで？

——いや待て。


サラは再び経歴書に目を落とす。メリルという名に姓は冠されていない。つまり家名を持たない庶民の出ということだ。

（もしかして、いろいろ苦労したのかも……？）

安直な想像ではあるが、意地悪なお嬢様に苛《いじ》められたりとか。そこまではいかずとも、伝統的な名門の空気に馴染《なじ》めなかったとか。

「……そうね。どの学校がいいかなんて、人それぞれよね。騒いでしまってごめんなさい」

サラ自身、この母校にはそれなりの愛着がある。住めば都というものだ。

「それであなたの年齢だけど、一四歳なのね？」

経歴書に書いてあるが、改めて口頭でも年齢を確認する。

「はい、そうです」

「そう。それじゃ簡単に説明するわね。まず、うちの学校は一一歳から一六歳までの六年制。原則として留年はなし。だからあなたは自動的に四年生っていうことになるわ。で、寮の規則ではちょうど四年生から個室が選べるようになるのだけど、相部屋とどちらがいい？」

メリルはしばし真剣な表情で悩んでから、

「本音を言うと個室がいいんですけど、やっぱり新入りとして最初は相部屋にするべきなんですかね？」

「いいえ。最近は相部屋の方が人気で個室が余っているの。遠慮なく個室を選んでくれた方が、こちらも助かるわ」

「そうなんですか？　みなさんとても仲が良いんですね」

言うべきか迷ったが、言わないでおくのもかえって不自然かとサラは思い直す。

「実はね、少し前から怪談話みたいな噂が学院の中で流行《はや》っているの。それを怖がった個室の子たちが相部屋に移ったりして、個室が余っているわけ。本来は個室の方が人気よ」

サラはやれやれと首を振る。我が母校の情けなさをいきなり説明せねばならないとは。

「ふぅむ。それじゃあ私はいいタイミングで転校できたわけですね。簡単に人気の個室をゲットできるとは」

一方、メリルの方は好都合と素直に喜んでいた。幻滅されなかったようで少しほっとする。

「念のため聞いておくけれど、本当に個室で大丈夫？　後から変更するのは難しいけれど」

「平気です。だってここは神学校ですから。神の御膝元にいて恐れるものなんてありません」

メリルは両の手指を組んで恭《うやうや》しく祈りの姿勢を見せた。

「ええ、ええ。本当にそうよね」

流石《さすが》は元・一番校の生徒。理想的かつ模範的な回答にサラもこくこくと頷《うなず》く。そう、今の生徒たちは本当にどうかしているのだ。この素晴らしい姿勢を見習って欲しい。

「それじゃあ、軽く寮の中を案内するわね」

管理室からすぐ外のロビーに出る。ちょうど、サラと同じ講義を受けていた六年生たちがダラダラと戻ってきたところだった。

「こら、あなたたち！　モタモタしないで早く夕飯の支度をしなさい！　寮監さんと下級生がすぐに食材を持ってきますから、それまでに水を汲《く》んでお湯を沸かしておくこと！」

びしりとサラが指示を出すと、彼女らは覇気のない声で渋々と応じた。新顔のメリルの存在にも気が付かなかったようだ。

「なんだか皆さん元気がありませんね？　例の怪談のせいですか？」

「……そうなのよ」

サラは若干の頭痛を覚え、眉間をつまむ。

なぜ彼女らの戻りがサラと比べてここまで遅かったのか。その理由は実にくだらないものだ。隙間や物陰に出現するという『青白い手』を見てしまわないよう、足元だけを見て歩いていたからである。

前を向けないのだから必然的に牛歩となる。牛歩の集団が同じ帰路を歩くのだから、混みあってさらに歩みは遅くなる。

サラにしてみれば、生徒たちが揃《そろ》いも揃って俯《うつむ》いて歩く光景の方が『青白い手』などよりよっぽど不気味だった。最近ではそこまで怖がっているわけでもない生徒すら「みんながしているから」と真似《まね》して足並みを揃えたりしている。下級生には悪影響でしかない。

「メリルさん。誤解しないで欲しいのだけど、普段はこんな感じじゃないから。しばらくして怪談騒ぎが落ち着いたら、みんな明るく楽しい子たちに戻るから」

「はあ……。ですが、そんなに怖い怪談だったんですか？　あそこまで様子が変だと、少し興味が湧いてしまいます」

「いいえ。別に大したことないわ。青白い手が物陰から伸びてきて、それに指差された人は不幸になっちゃう——っていう、よくありそうな話。みんな大袈裟《おおげさ》すぎるのよ」

「なぁんだ。本当によくありそうな話ですね」

でしょう？とサラは笑う。

そんな調子で談笑しながら寮の施設を案内していくうちに、サラとメリルはすっかり意気投合していた。

「それでね？『青白い手を見た！』って騒ぐ子はたくさんいるけれど、そのうち実際に怪我とか病気になった子なんてほんの数人しかいないの。そんなのただの偶然じゃない？」

「そうですよね。素人の鉄砲でももうちょっと命中率が高いと思います」

立ち寄った納戸で掃除用具を取り、新たにメリルへ割り振った部屋へと向かう。他の生徒と交流の機会を持ちやすいよう、一階の談話室そばの部屋にしておいた。

「それじゃメリルさん。私は炊事当番のお手伝いをしてくるから。あなたは自分のお部屋を掃除しておいて。夕飯の時間になったら、改めてあなたをみんなに紹介するわ」

「あ、それなんですけど」

そこでメリルが、ぴんと人差し指を立てた。

「せっかくの機会なので一つ、折り入ってご相談したいことが」

✿

「一番校から転校して参りました四年生のメリルと申します。みなさん、どうぞよろしくお願いします」

夕飯時の食堂はいつになく賑《にぎ》やかだった。

なんせ、雲の上の存在というべき一番校の学生を迎えることになったのだ。我が四一番校にとっては驚天動地というべき事態である。

メリルの席の周りには大勢の生徒が押しかけて「聖都ってどんなところ?」「一番校には王子様なんかも通ってるって本当?」「なんで転校してきたの?」「お勉強のコツとかある?」な

どなど、嵐のように質問を浴びせまくっている。

ここ最近の暗い食卓が嘘のようだった。

なお、会話はろくに成立していない。質問に対してメリルが「聖都ですか？　そうですね。とりあえず百貨店があって」などと返そうとすると「百貨店って何!?」「知ってる！　すごくでっかい売店！」「どんなもの売ってるの!?」と、回答の途中で新たな質問が浴びせられるからだ。

それでも全員とても楽しげで、メリル自身も悪い気はしていないようだった。

食事中の過度な私語は注意するサラだが、今日ばかりは見過ごすことにする。

そのまま十分、二十分と経ち。スープが冷めきってもなお質問は途切れなかったが、

「ええと、すみません。実は私の方からも質問がありまして」

ふとそこで。質問の嵐に圧倒されていたメリルが、控えめに手を挙げた。

「なに？　なんでも聞いて！」

「うんうん！」

興味津々で複数の生徒がそれに群がる。そこで――メリルはちらとサラの方に視線を向けた。

それに対してサラも小さく頷く。

「さきほど部屋の掃除をしているとき、窓のカーテンの隙間に不思議な……青白い人間の手のようなものが見えたんですけど、あれはこの学校ではよく見られるものなのですか？」

空気が凍った。

転校生への好奇心で忘れていた『青白い手』への恐怖を、他ならぬ転校生の口から不意打ちで呼び起こされたのだ。

前のめりだった生徒たちも、言葉に詰まってメリルの質問になかなか答えられない。『それ』について語るのを忌まわしく思っているように。

サラはその隙を見計らって立ち上がる。

そして、迫真の表情で叫ぶ。

「メリルさん！　それは本当!?　あなたまで『青白い手』を見たっていうの!?」

「そうですけど、何かまずかったですか？」

「まずいも何もないわ！　あれのせいで、今この学校は大変なことになっているのよ！」

「どうしてですか？」

メリルがはてとばかりに首を傾《かし》げる。


「――だって、あれは『神の奇蹟《きせき》』ではないのですか？」

目をぱちくりとさせながらメリルが言った。

生徒たちがざわめき、ややあって下級生の誰かが控えめに反論する。

「あのね、メリルさん。違うの。あれは悪いものなの。あれに指差されたら災いに見舞われてしまうって……」

「なるほど、なるほど」

鷹揚《おうよう》に聞きながら、どこか大物じみた態度でメリルは頷く。

「そういった不思議な噂は、一番校でも昔からよくありました」

「えっ？」

「黒い影が夜の校舎を練り歩くとか、無人の音楽室から世にも美しい音色が聞こえるとか。ですが、それらは総じて『奇蹟の片鱗《へんりん》』と呼ばれ、喜ばしいものと伝統的に解釈されてきました。なんせ神学校なんですから、そこで起きる不可思議な出来事は神の御業《みわざ》と考えてしかるべきでしょう？」

あまりにも突拍子のない話に、生徒たちのほとんどはついていけていない。

「メリルさん。面白い話だけど、きちんと教義を思い出して。原則として神は下界に干渉しないのよ。そんな悪ふざけをするはずがないわ」

唯一、落ち着いて反論を述べたのはサラだけだ。

「さすがは寮長さん。よく勉強なさっています。ただ、忘れてはいけません。神は原則として下界に干渉しませんが、例外は存在するのです。代表的なものとして――悪魔祓《ばら》いとか」

悪魔祓い。

地上に蔓延る悪を浄化するため神が特別に力を与えた、生ける奇蹟ともされる者たちである。

「どういうこと？　あの『青白い手』が悪魔祓い様の仕業とでも言うの？」

「いいえ。ただ『例外は存在する』ということが大事なんです。必要とあらば神は融通を利かせてくださる。そうした事実を踏まえて『青白い手』を神の奇蹟として再解釈してみましょう」

　メリルは得意げにくるくると人差し指を回す。

「『青白い手』に指差されると災いに見舞われる。そういうことでしたね？」

　問われたさきほどの下級生は、こくりと頷く。

「ならば、こうとも考えられませんか？　神の奇蹟である『青白い手』は、災いに見舞われそうな生徒に注意を促している――と」

　強引な屁理屈《へりくつ》である。しかし、一番校の神学徒という肩書きはそこに絶大な説得力をもたらす。

「これはあくまで私の推測ですが、『青白い手』に指差されたからといって、必ずしも災いに見舞われるわけではないのでは？」

「ええ……確かに、合っているわ。指差されたと言っている生徒の中で、実際に怪我や病気になった子はごく一部よ」

　さきほど談笑の中で交わした内容を、互いに素知らぬ顔でやり取りし直す。

「やっぱりそうでしたか。無事だった人たちはおそらく『青白い手』を見たことで行動が変わって、難を逃れたのでしょう」

にこりと笑ったメリルは、制服の懐から何かをくるんだ白い布を取り出す。

布を開くと、そこには大きな蜂の死骸があった。

「私もそうです。カーテンのあたりに不思議な手が見えたので、何かと思ってよく観察していたら――大きな蜂が隠れているのに気づいたんです。すぐに箒《ほうき》で退治しましたが、『青白い手』が注意してくれなければ、気づかずに刺されていたかもしれません」

「名演だったわ」

「いえいえ、それほどでも」

夕食の後、サラは寮長面談という名目でメリルを部屋に呼び出していた。

そこで行われているのは、ちょっとした祝勝会である。

食堂で披露されたメリルの『青白い手』に関する話は、すべて適当なホラ話である。メリルが『青白い手』を見たというのも嘘。一番校でも似たような噂が流行るというのも嘘。最後に見せつけた蜂の死骸もその辺にたまたま転がっていたものだ。

「寮長さんの方こそ、実に白々しくていい演技でした。タイミングよく合いの手もくれたので、すごく喋《しゃべ》りやすかったです」

「白々しいとはお言葉ね。あなたも案外いい性格してるじゃない」

サラとメリルはぱちんと互いの手を叩《たた》き合わせる。

寮の案内後、メリルがもちかけてきた相談とはこうだ。

『変な噂の払拭に協力させていただけませんか？』

彼女も敬虔《けいけん》な神学徒である。サラと同じく、妙な噂に惑わされて学院の雰囲気がおかしくなっていることを看過できなかったらしい。そこで、二人で手を組んで一芝居打ったわけだ。

「でも、よかったんですか？　こう言ってはなんですが、寮長さんが言い負かされるような形になってしまったかと思うのですが」

「いいのよ。この騒ぎを収められるなら、私の面子《メンツ》なんて安いものだわ」

偉ぶるために寮長がいるのではない。学生たちの健全な生活を守るために寮長がいるのだ。あそこは『一番校からやってきた優秀な転校生に、いつも口うるさい寮長が言い負かされる』方が演出として適切だろう。

「これで少しはマシになるといいけれど」

「大丈夫ですよ。もともと単なる噂話なんですから、消え去るときはあっという間です」

そう言うとメリルはちらりと入口の扉を振り返った。

「それより、この話をうっかり誰かに聞かれてしまわないかが心配ですね。もし聞かれてしまったら私も寮長さんもペテン師扱いで総スカンですよ」

「それなら心配ないわ。ここの周りは空き部屋ばかりだから」

サラはくすりと笑った。

この部屋は四階の最奥に位置している。最上階の角部屋といえば聞こえはいいが、実際は『階段の昇降がキツい』『廊下が無駄に長い』の二重苦で、生徒たちからは特に人気のない場所だ。

一時帰郷者が相次いで寮がスカスカになって以降、かつて四階に住んでいた生徒も低階層に部屋を移した。頑《かたく》なに残っているのはサラだけだ。

寮長として、日々是《ひびこれ》鍛錬の姿勢を示すために。

どれだけの生徒が見ているかは知らないが。

「ねえメリルさん。物は相談だけど、来年はあなたが寮長にならない？　普通は六年生が担当するけれど、あなたなら五年生で務めても誰も文句は言わないはずよ」

「あはは。寮長さんったら気が早すぎますよ。私、まだ転校初日ですよ？」

「こういうのは直感で決めていいと思うの。あなたは大物になる気がするわ」

メリルの両肩に手をかけて勧誘するが、苦笑とともにこう返された。

「来年、寮長さんが卒業するときにまたお話ししましょう。それまでに私も、もっと精進しておきますから」

それから数日で、嘘のように『青白い手』の噂は鎮静化していった。

以前なら『見てしまった』と騒ぐ者が毎日のようにいたが、メリルが弁舌を振るった日からは、誰もそんな風に騒がなくなったのだ。

「あっ、寮長さん！　おはようございます！」

今朝の談話室も明るく賑やかな雰囲気だった。その中心にいるのはメリルである。

おそらく噂が完全に下火になった最大の要因は――あの詭弁《きべん》というより、彼女の存在そのものにあるのだろう。

下らない怪談などより、もっと面白い転校生がやってきた。

つまりはそういうことだ。

単純といえば単純である。『青白い手』を怖がって自室にこもりがちだった者すら、メリルと喋ってみたくて談話室に顔を出すようになってきた。

「おはよう。みんな、あまりメリルさんを困らせちゃダメよ」

「いえいえ。みなさんから学校のことをいろいろ教えてもらえるので助かってます」

メリルのフォローに生徒たちが「そうそう」と揃って頷く。まったく、この前まで俯きながら歩いていたくせに。ずいぶん楽しそうじゃないか。

この調子で日々が過ぎれば、じきにこの学校も元どおりになる気がする。

なんだか、すべてが上手《うま》くいきそうだった。

寮の正面に出たサラは、朝日を浴びながら深呼吸する。これほど爽やかな気分は久しぶりで、気づけば鼻歌交じりに散歩を始めていた。

そのときだった。

バタン、と。

金属と金属のぶつかるような音がどこからともなく響いてきた。

周囲を見回せば、音源はすぐに見つかった。寮の脇にある焼却炉である。

その投入口の金属蓋が、風に煽《あお》られてバタンバタンと開いたり閉じたりしていた。

（……まったく）

普段は蓋に閂《かんぬき》を通して固定しているのだが、前に使った誰かが固定し忘れたのだろう。

こんな風に開けっ放しにして、猫や鳥なんかの小動物が入り込んだらどうするのだ。そのまま次に火を付けたらとんでもないことになってしまうぞ。

上機嫌ながらも、そんな小言はいつものように思い浮かぶ。

自分の性分に苦笑してから、サラは焼却炉の蓋を閉めようとして、

――見てしまった。

小動物が入り込んでいないか、焼却炉の中を覗き込んだとき。

真っ暗な闇の中に浮かび上がる、死人のように青白い手を。

「え……」

あまりの驚愕《きょうがく》に硬直し、目を逸《そ》らすこともできない。

見間違いか、錯覚か。そんな希望に縋《すが》ろうとしても、それは間違いなく人間の手でしかあり得なかった。

そして、その手はゆっくりとサラを指差した。


「き、きゃぁああっっ!!」


悲鳴を上げてサラはその場から逃げ出した。

なぜ？　なんで？　おかしい。あり得ない。噂話のはずでは？　なんであんなものが？

恐慌状態に陥ったまま、サラは寮の中に転がり込んだ。

駆け込んできたサラの取り乱した様子に、玄関口にいた生徒たちはぎょっとした顔を見せる。

「どうしたんですか寮長？」

「何かあったんですか」

「そ、そうなの。あ、あそこ。焼却炉で……」

震える声でなんとか事情を説明しようとしたサラだったが、

「焼却炉がどうかしたんですか？」

心配して尋ねてくる下級生の顔を見て、くっと喉を鳴らした。

「へ、蛇が出たの。いきなり飛びかかってきて……」

「えぇ？　大丈夫ですか？　嚙《か》まれてませんか？」

「うん。大丈夫よ、平気」

サラは直前で思いとどまった。

せっかくみんなが『青白い手』の恐怖を忘れようとしているときに、寮長の自分がまた騒ぎに火を付けてどうするのだ。

大丈夫だ。仮に『青白い手』が実在していたのだとしても、指差されたからといって災いに見舞われるとは限らない。これまで『見た』と主張していた生徒たちも、大半は無事に済んでいるのだ。自分にそう言い聞かせるが、まったく動悸《どうき》は収まらなかった。

「……寮長？」

心配した様子の下級生に、サラは必死で微笑《ほほえ》んでみせる。

「ごめんなさい。ちょっと驚きすぎて、調子を崩してしまったみたい。少し休んだらよくなるから」

サラは、メリルの述べた『青白い手』の解釈がすべて出まかせと知っている。

だからこそ恐怖が拭えない。

怯《おび》えていた生徒たちのことを「怪談なんかに怯えて情けない」と嘆いていた自分はなんと愚かだったのか。

面白い転校生が来たから、怪談話に飽きただなんて――とんでもない。

今なら分かる。恐怖に震える生徒たちにとって、メリルは突如として現れた希望の光だったのだ。

聖都からやってきた優秀な神学徒で、『青白い手』に指差されながらも飄々《ひょうひょう》と過ごし、神の奇蹟を信じて疑わない。その超然とした振る舞いは、どれだけ眩《まぶ》しく映ったことだろう。

彼女《メリル》が無事でいられるならば、自分たちも同じく無事でいられるはずだ、と。

だが、サラはそれが虚像だと知っている。

優秀な神学徒というのだけは事実かもしれない。だが、彼女自身に特別な力があるわけではない。サラたちと同じ、ただの十代の少女だ。

結局、サラはその日の講義をすべて休んで、自室の寝床に伏せ続けた。

外に出ると、どこかの隙間にまた『手』を見てしまう気がした。毛布にくるまって震えていれば、少なくとも余計なものを見る心配はなかった。手洗いに立つのすら怖くて、水を飲むのも最小限にした。

心配して尋ねてくれた生徒は何人もいた。

だが、扉越しに「風邪みたい」とだけ返して、決して部屋には招き入れなかった。

寮長として、他の生徒たちにこんな姿を晒《さら》すわけにはいかなかった。

(忘れよう……)

意識して忘れられるものでもあるまいが、とにかく明日からは無理にでも身体《からだ》を動かそうと決める。日々を忙しく過ごしていれば、雑念も少しは薄れるだろう。

やがて寮に消灯の鐘が響き、夜の静寂が訪れる。

サラは芋虫のように毛布を被《かぶ》ったまま、神に祈って遠い夜明けを待つ。いつしか恐怖にも疲れ、まどろみのような感覚を覚え始めた頃。

——こん、こん

微《かす》かに、扉の方からノックらしき音がした。

サラはびくりと身震いした。こんな時間に寮をうろつく者などいないはずだ。

戸板の軋《きし》みだと思い直し、聞こえなかったフリをしてサラは祈りを続ける。

——こんこん

しかし再びノックは鳴った。まるで急《せ》かすように。さきほどよりも少し早い間隔で。

心臓が一挙に早鐘を打つ。枕を顔に押し付けて過呼吸を押さえこみ、目を閉じたままノックの主に問いかける。

「だ……誰!?　こんな時間に何の用!?」

答える声はない。その代わりに、

——だんだんだんっ!


「ひっ!」

今までとは比べ物にならないほど激しく扉が叩かれ、サラは涙目でベッドにしがみついた。

想像するまいとしても、瞼《まぶた》の裏に嫌な光景が思い浮かぶ。不気味な『青白い手』が、扉をしきりに叩く光景を。

そのとき。

ぽん、と。

毛布ごしの背中に誰かの手が置かれた。

「い――い、嫌ぁああっ！　お願い！　許してぇっ！」

「落ち着いてください寮長さん。私です」

「へっ？」

力尽くで強引に毛布が引き剥がされる。が、そこに立っていたのは亡霊でも悪魔でも何でもなく、ランタンを手に提げたメリルだった。

「め……メリル、さん？」

「はい。怪しい者ではないので、そう怖がらないでください」

状況が分からなくて一気に混乱する。部屋の鍵は閉じていたはずだ。彼女はいったいどこから入ってきたのか。

「今のノックは……メリルさんが？」

「ああ。それは私ではないですよ」

頭に疑問符を浮かべて困惑していたサラだが、そこでふと気付いた。

どこからともなく、焦げ臭い匂いがする。メリルの提げているランタンが燻《くすぶ》っている――わけでもない。よく目を凝らして見れば、部屋の中にうっすらと煙のようなものも漂っていた。

「何、この煙……」

「そうですね。端的に言いますと、火事です。三階から出火したようです」

ランタンを床に置いたメリルは、天気の話でもするかのように平然と言った。

「……火事？」

「ええ」

「なっ……何で落ち着いてるの!?　それなら早く逃げないと！」

慌ててサラは扉に駆け寄る。一瞬、『青白い手』が頭をよぎったが、このまま引きこもっていては焼け死ぬだけだ。

「っ！」

しかし、意を決して扉を開けた瞬間、凄《すさ》まじい量の白煙が部屋に流れ込んできた。

どうやら階下からの煙がすべて、四階の廊下に充満しているようだ。

（でも……）

まだ火の手までは回っていないように見える。全力で突っ切れば、あるいは——

「早まらないでください寮長さん。息が持つはずありません」

制止するように、メリルがサラの手首を強引に握ってきた。年下の細腕のはずなのに、まったく逆らえないほどの力だった。

「脱出するならこちらにすべきです。安全かつ近道ですから」

「ちょ、ちょっと!?　メリルさん!?」

そのままメリルが向かったのは出口の扉ではなく、窓の方だ。

「ち、近道って！　まさかあなた！　飛び降りるつもりじゃ……ここは四階なのよ!?」

——ばんっ！


サラが叫ぶのと同時。

四階の外側から、窓ガラスが叩かれた。

そこには——ぴたりと『青白い手』が貼りついていた。

「きゃあっ！」

悲鳴を上げて逃げようとしたサラだが、メリルに腕を取られているせいで後ろに引けない。

そのメリルはといえば、目の前に本物の『青白い手』が現れたというのに、身じろぎもしていない。

「ああ。ようやく姿を現してくれましたね」

ただ、無感動にそう呟《つぶや》くだけだった。

「メ、めめっ、メリルさん。逃げっ、逃げっ——」

「大丈夫です。後のことは私に任せておいてください」

メリルはそう言って、窓に掌《てのひら》をかざした。

その瞬間、眩《まばゆ》い銀色の光がメリルの手から発せられた。銀光は瞬く間に『青白い手』を呑《の》み込み、まるで蒸発させるように跡形もなく消し去った。

「……へ？」

「じゃ、飛び降りますね」

窓を開け放ったメリルは、サラを抱きかかえて何の躊躇《ためら》いもなく飛び降りた。

自由落下の速度に悲鳴を上げそうになったサラだが、途中でふわりと謎の浮力が生じて、ほとんど衝撃もなく着地した。

「立てますか？」

もう何が何だか分からなくて、サラは頷くこともできない。地面に降ろされたまま、ただその場に座り込むだけだ。

そんな様子のサラを見て、メリルは苦笑した。

「……まあ、そうなりますよね」

誰かが火事に気付いたか、寮から避難の鐘が鳴り始める。ほぼ同時に、火元の窓が割れて炎が噴き上がる。

「他の人は自力で避難できるでしょうし、騒ぎが大きくなる前に私は撤収させていただきます」

サラはまだ状況を呑み込めなかったが、それでも咄嗟《とっさ》にこう叫んだ。

「待って！」

去ろうとしていたメリルが振り返る。

「どうかしましたか？」

「あなた……あなたは何なの？　さっきの光も……飛び降りたことも……」

「ごめんなさい寮長さん。実は私、とってもたくさん嘘をついていたんです」

「嘘……？」

「はい。メリルという名前も嘘、一番校から来たというのも嘘、これから一緒に学んでいくというのも嘘。一四歳っていうのだけは本当ですけど、それ以外はだいたい全部嘘です」

意味が分からなかった。

名前も経歴もすべて嘘？

それなら目の前にいる『メリル』という少女は、いったいどこの誰なのか。

「ずっと騙《だま》していたことは、本当に申し訳なく思っています。ですが、こちらにも事情がありまして。それというのも――」

メリルは少しだけ勿体《もったい》ぶるような素振りを見せて、

「――神学校で悪魔が発生だなんて、とても公にできないでしょう？　だから学生という建前で潜入して対処することにしたのよ」

それまでの親しみある口調とは打って変わって、ぞっとするほど冷たい口調だった。

寮から燃え盛る炎が逆光となり、メリルの表情は真っ暗な陰となって窺《うかが》えない。

「悪魔祓いのお仕事として、ね」

悪魔祓い。神より奇蹟を授けられて地上に遣わされた、生ける『奇蹟』とも称される者たち。

「あなたが……？」

「ええ。だから安心して。この学校に巣食っていた悪魔は、完全に消し去ったから」

メリル――ではなく、名も知れぬ悪魔祓いの少女は、踵《きびす》を返して再びサラに背を向ける。

未《いま》だ信じられぬ気持ちだったが、サラは引き止めるように尋ねた。

「それじゃあ……みんなが無事だったのは、あなたのおかげだったのね？」

「何のことかしら？」

悪魔祓いの少女は振り返らず、しかし足を止めて尋ね返してくる。

「ほら……『青白い手』に指差されても、ほとんどの人は無事だったじゃない。あれって実は、あなたが護《まも》ってくれていたんじゃ……」

だとしたら、彼女は数多くの生徒を陰ながら救ってくれたことになる。どんなに感謝しても感謝しきれないほどの大恩だ。

「いいえ？　そんなに派手に動くわけにはいかないもの。私が直接助けてあげたのは、寮長さんだけよ」

「え――」

だが、予想外の返答にサラは困惑する。

『メリル』が助けずとも、多くの生徒は無事だった。それならば『青白い手』が災いをもたらすという話はなんだったのか。不幸を招く存在ではなかったのか。

「だったら、あの悪魔は……？」

本当に悪い存在だったのか。

サラの疑問に答えるように、悪魔祓いの少女は僅かだけ振り向いた。

「そんなこと、今更どうでもいいことじゃない？」

そのとき。ひときわ大きく炎が噴き上がり、怯えたサラはその場にしゃがみこんだ。

再び顔を上げると、少女の姿はもうどこにも見当たらなかった。

✿

あれから一八年が経《た》った。

あのとき『メリル』と名乗っていた少女は今、偉大なる『聖女』として教会の信仰圏において知らぬ者がいないほどの人物となっている。絵画や彫刻などで讃《たた》えられるその姿は、若かりし日の面影を未だ色濃く残している。

今でもサラは、あの日の出来事が本当に現実だったのか疑わしくなることがある。すべて白昼夢か何かだったのではないか、と。

もちろん、そんなはずはない。

学院の寮で火災が起きたということは、当時の新聞記事にも残っている。そこで『一人の死者が出た』ということも。

焼死体として発見されたのは、三階の部屋に住んでいた生徒だった。

焼身自殺だったという。

可燃性の薬品を部屋中に撒《ま》いて、自ら火を付けたのだそうだ。学院の化学実験室にはそういう薬品も多々あったので、その気になれば鍵をこじ開けて手に入れることも不可能ではなかったろう。

動機は不明。サラも寮長としてその生徒の顔は知っていたが、ほとんど話したことのない無口な子だった。

この不幸は果たして、あの『青白い手』がもたらした惨劇だったのだろうか。

それとも、サラには察しえない別の真相があったのだろうか。

地元の教会での礼拝を終えたサラは、夫や子供たちと談笑しながら家路を歩く。

何より鮮烈だったはずの遠い記憶は、平和な日常に埋没してその色を薄めつつある。今ではこうして礼拝に赴いたとき、たまに思い出すくらいだ。

聖女のおかげでサラの命は救われた。よい伴侶と巡り会って、三人の子宝にも恵まれ、それなりに幸せな家庭を築くことができた。

聖女には今でも感謝の気持ちしかない。

だが、冷静にあの日の出来事を振り返ると、ある疑念が湧くのだ。

聖女《メリル》が訪れる直前に鳴り響いたノック。あれはやはり『青白い手』の仕業で——火事のことをサラに警告しに来ていたのではないだろうか。

そして聖女は『青白い手』を倒す間際、『後のことは私に任せておいてください』と言っていた。

あの言葉は誰に向けたものだったか。

それを確かめる術《すべ》はないし、確かめたいとも思わない。

一八年も昔の出来事など『今更どうでもいいこと』でしかなく、それを掘り返して得をする者などどこにもいない。

ただ、それでも一つだけ気になることがある。

もしかしたら、ただの見間違えだったかもしれない。

しかし聖女によって討たれる寸前、銀光に呑まれゆく『青白い手』は――他でもない聖女のことを指差したように見えたのだ。

あの悪魔が悪意をもって災いをもたらす存在なら、聖女にそんな呪いが通用するはずはない。

だが警鐘《けいしょう》を鳴らす存在であったとしたら、果たしてあの悪魔は聖女に何を戒めようとしていたのだろう。神より無上の祝福を受け、この世に並ぶ者のない力を持つ彼女に、どんな災いが訪れるというのだろう。

川沿いの道を駆け行く我が子たちの背を眺め、サラは自嘲しながら首を振る。

凡人に過ぎないサラが聖女の心配など、杞憂《きゆう》もいいところだ。今でも彼女のことを、心のどこかで後輩だと思ってしまっているのかもしれない。

聖女の方はサラのことを、まだ覚えてくれているだろうか。

きっと彼女にとってあんな事件は日常茶飯事だ。いちいち覚えているはずがない。

だが。

聖女の娘はその名を『メリル』というらしい。

あのとき彼女が名乗っていた偽名と同じものだ。

もし聖女があの寮での日々を覚えていて。その名を懐かしんで、娘に与えたのだとしたら。

これも真相は分からない。

分かる日は決して来ない。

ただ寮長として——かつての後輩が『メリル』とともに幸せに過ごしていればよいなと、願ってやまない。

あとがき

『二代目聖女は戦わない』を手に取ってくださり
ありがとうございます、榎本快晴です。
苦手なものはあとがきです。
ついさっきまで真面目に本作のコンセプトを解説する
文章を書いていたのですが、
なんだか無性に恥ずかしくなって白紙に戻してしまいました。
これまで作品を刊行するたび、
あとがきの中で「あとがき苦手」と主張して字数を稼ぐ
卑怯な手を繰り返してきたのですが、
そのせいでもはや真面目なあとがきを書けない
身体になってしまったのかもしれません……
などと書いているうちに字数のノルマを無事達成しました。
それでは、関係各位の皆様へのメッセージを。

茶ごま様。最高のイラストをありがとうございます。
どのキャラも本当に可愛くイメージぴったりで、
中でも表紙のメリルは絵画みたいに美しくて感動しました。
担当編集様。改稿・加筆にあたって
多くの助言をありがとうございます。
そして読者の皆様。ここまで読んでくださってありがとうございます。
ご縁があればまたこんなあとがきをお届けしたいです。

榎本快晴

二代目《にだいめ》聖女《せいじょ》は戦《たたか》わない　01

2025年3月30日　初版発行

著／榎本快晴《えのもとかいせい》

イラスト／茶《ちゃ》ごま

発行者／山下直久

発行／株式会社KADOKAWA
〒102-8177　東京都千代田区富士見2-13-3
電話 0570-002-301（ナビダイヤル）

印刷所／TOPPANクロレ株式会社

製本所／TOPPANクロレ株式会社

本書は、カクヨムに掲載された「二代目聖女は戦わない」に加筆修正したものです。

●お問い合わせ
https://www.kadokawa.co.jp/（「お問い合わせ」へお進みください）
※内容によっては、お答えできない場合があります。
※サポートは日本国内のみとさせていただきます。
※Japanese text only

定価はカバーに表示してあります。

ISBN 978-4-04-738182-7　C0093

◇◇◇